Una vegada va ser estiu la nit sencera

DISTORSIONS
núm. 105

Elisabet Riera

UNA VEGADA VA SER ESTIU LA NIT SENCERA

Ed. Males Herbes
2023

Primera edició: octubre 2023

Imatge de portada extreta del *Kometenbuch* (1587), d'autor dessconegut.

Guilleries, 26, 1 - 2
08012 Barcelona
www.editorialmalesherbes.com

L'escriptura d'aquesta obra ha rebut el suport del
Departament de Cultura de la Generalitat de Catalunya

Generalitat de Catalunya
Departament de Cultura

ISBN: 978-84-126624-6-7
Dipòsit legal: B 15142-2023

Impressió: QP Print

Disseny i maquetació: Eduard Vila
Correcció: Cristina Carbonell

ÍNDEX

A la Sílvia, que em va acompanyar
en el meu viatge d'hivern real.

«Un matí a primera hora faltaven les paraules.
Un dia algú es va adonar que hi havia
estrelles però no paraules, per què?»
ANNE CARSON

«Som devorats per tot allò que no podem deixar de
mirar: els nadons, els monstres, els amants i els morts.
I gràcies a això construïm la idea d'eternitat»
ANGÉLICA LIDDELL

Obertura

Al quaranta-novè estiu de la meva vida, el cel es va cobrir d'un gris pesant, quasi negre: el color del fat. De cop, es va esberlar i va deixar caure uns cossos lleugers que em van semblar cendres, plomes de tord o paperets augurals. Després es van tornar blancs i em vaig adonar que eren flocs: flocs de neu. Era un migdia d'agost. Al meu estudi sonava el *Viatge d'hivern* de Schubert. Sobre l'escriptori reposaven els poemes d'Alba, la trobairitz. A les mans encara m'hi tremolava l'últim informe dels metges: al pit dret m'hi niava un cranc.

Estava sola. No només sola a casa, o sola en aquell moment; sola com el caminant, sola com les primeres poetes, sola com els morts. Sola sota aquell cel estrany que havia irromput de forma inesperada, com una bola de vidre amb un paisatge a dins que es capgira, i es sacseja, i a on abans hi havia para-sols i tovalloles de platja ja només hi ha fredors indefinibles, fantasmes vestits de blanc. Vaig quedar forastera de la meva pròpia existència, que em va ser donada sense demanar-ho i que podia perdre sense tenir-hi res a dir. Pel mig haurien passat amors, penes, proeses... Pel mig, entre què i què? Pel mig, d'on i cap a on? Una tempesta silenciosa va inundar-me per dins. Un vertigen clar.

Quan vaig tornar a ser conscient dels objectes que m'envoltaven, de la matèria —la cadira, la taula, la finestra, la casa—, el *Winterreise* havia deixat de sonar. A fora no hi nevava. A dins meu, sí.

Encara no ha parat.

Vaig tenir la certesa que hauria de preparar-me per fer camí. Quan comencés l'hivern, emprendria el meu viatge a peu per les muntanyes. Sola amb els *lieds* de Schubert i els versos de la meva trobairitz. Cap a l'hivern del món, tan llunyà com enyorat. L'hivern que comença aquesta tarda.

A l'hivern del món, el sol era tan feble que se'l trobaven desmaiat a les portes de cases i palaus, de bon matí, quan les cornetes sonaven. A l'hivern del món, les bestioles de bosc es clavaven els ullals al ventre per xuclar-se un bri de llum que els escalfés pèl i urpes i destí. Les serres eren blanques. El menjar, tan escàs com el pergamí. En les hores salvatges en què el sol semblava haver-se mort del tot —una mort definitiva, no com el dia anterior, que quan ja ningú no s'ho esperava havia tornat a alçar-se—, l'únic nodriment abastable eren les històries musicades a la vora del foc. Cançons que, grimpant de la llengua a la memòria i de la memòria a la llengua, es repetien gairebé exactes, calcades, excepte per alguna petita variació —un nom diferent, una dada que no encaixa— que les anava transformant per sempre, en un desplegament de possibilitats: l'aritmètica multiplicadora de les paraules. Quan per fi, després de mil peripècies, les cançons aterraven al paper, si és que arribaven a fer-ho alguna vegada: quins fets relataven realment? I de qui? Només l'hivern del món ho sap.

Historiadors, filòlegs i altres teixidors de mots ens desbaratem el cervell per cosir un nom i un segle a la falda dels versos antics. Feina vana: com clavar al llenç un ocell amb les ales esteses i encara bategants. La fixació equival a la mort. Les històries ho saben i, mercurials, se n'escapoleixen.

Sent infidels a fets i realitat, recreant lliurement el seu propi camí, se salven. M'ha costat molt d'entendre-ho. M'he obstinat a atrapar-les com qui escanyant un lladregot pretén fer-li confessar el crim. Potser ja massa tard, m'adono que he viscut els meus dies en aquesta il·lusió. I que, ara, la vida veritable que corre sota les paraules passa comptes i em reclama el que és seu.

El rellotge del meu escriptori marca les 16:59, hora exacta del solstici d'hivern, el moment de l'any de declinació màxima dels raigs del Sol respecte de la superfície de la Terra. Ara mateix es postra com si pregués. Per pregar amb totes les seves forces ha de desaparèixer, fer-se raig de llum desmaiada. Als palaus, a les cases, sota les portes. El solstici és el punt d'inflexió: demà al matí, l'astre alçarà imperceptiblement la testa de la seva catifa d'oració, i la foscor serà una mica més clara. A aquella hora, jo abandonaré la casa i emprendré el viatge.

Mentre acabo de tancar la motxilla i raspallar les botes, escolto el *Winterreise* per última vegada. Abans de ficar-me al llit, em miro les cicatrius, encara tendres, que em travessen el pit: tenen forma de creu i tenen forma d'ala.

I.
LES ALBERES

1. Bona nit

Mai no he estat de naturalesa atlètica, i ara encara menys. El meu cos, ja de per si més avesat a les biblioteques i als temples que no pas als gimnasos, ha deixat de ser el subjecte de l'acció i s'ha convertit en objecte de vigilància. Un objecte perillós, que pot esclatar en qualsevol moment. El plaer n'ha estat desterrat: des que va sonar l'alarma, el meu cos ha estat irradiat, crivellat, arponat, sedat, traspunxat, buidat i recosit. Per poder sobreviure, ha hagut d'emmudir, com el sol d'hivern en el punt just del solstici. A partir d'ara, per força haurà de parlar més l'ànima, bestiola fugissera que sento rosegar per dins.

De vegades, abans de tot això, m'havia semblat entreveure-la als versos amorosos de la trobairitz. D'altres, en les notes ombrívoles del *Winterreise*, en l'alè de Schubert i els seus contemporanis. Són veus que m'escauen. O almenys ho han fet fins avui. Amb la carn ha marxat part de la meva identitat. Fa una estona, quan m'he llevat, ha quedat a terra, rebregada com un llençol. I ara camino fent tentines, quan abans em passejava ferma sobre el fràgil tapís del món. O això em pensava.

La motxilla, farcida amb el sac, el fogó de gas i provisions de tota mena, pesa massa. Costa desfer-se de tot allò que carreguem «per si de cas», com costa desfer-se de l'amor, de la por i de la vida mateixa. Desfer-se d'allò que hem estat fins a aquest moment. Els comiats amarguegen. Però hi ha cops en què no es pot fer una altra cosa: entregar-se al camí, caminar per ser del tot d'una vegada. Tornar a néixer per sempre més.

No puc saber fins a on arribaré, si resistiran la voluntat i les cames, però aquesta és la intenció: creuar la verda forest, de llevant cap a ponent.

Tal com va fer Alba.

La primera vegada que vaig *sentir cantar* la trobairitz va ser en dos versos anònims, passavolants:

Midona, per vostre amor,
junto les mans i t'ador!

Aquella desena escassa de paraules, amb un cor coratjós bategant fort —«midona, t'ador»—, va quedar ressonant a dins meu fins que els nostres camins van tornar a trobar-se.

...i per vós, midona, tinc el que és goig i alegrança, i és per vós que sovint sospiro tant...

Si me'l pogués llevar, el cor, jo el don a qui mai no l'hauria.

Midona, per vostre amor,
junto les mans al pit i t'ador!

Mai escollim a l'atzar: el nom és destí i, tard o d'hora, ens encalça.

Alba és el gènere poètic en què l'autor enamorat es plany de l'arribada del nou dia i de l'obligada separació de la seva dama. Alba, també, es pot referir al seu lloc de procedència. *Albus*: blanc. Alba, Àlber, Alberes. La serra que separa l'Empordà de França, per aquí vagareja la meva trobairitz. Tan a prop i tan lluny l'he tingut: a tocar de casa i a frec de dits. Els darrers anys he resseguit els seus versos sobre el paper com qui busca petjades blanques sobre la neu. Una vida que s'esmuny en el temps i que he pogut reconstruir, almenys en part, des de la seva primera notícia, quan es trobava al palau del vescomte de Peralada, d'on es va veure obligada a marxar i no tornar mai més.

Alba de Peralada, doncs, és el nom. El viatge d'hivern és el destí.

El seu i el meu.

No n'hi ha prou a mirar-s'ho de lluny. Si fins avui he seguit el seu rastre als arxius, ara ho faré per les Alberes, el Pirineu Oriental i el Llenguadoc, tant com els peus m'hi acompanyin. Sent Alba. Sent a la vegada la que es perd i la que troba. O la que troba quan es perd.

Forastera per voluntat pròpia.

Ser forastera és viure a la *foresta*, fora murs, fora ciutat, en veïnatge amb els animals i els arbres. Ser forastera és no formar part del poble, ser-ne estranya d'usos i costums, de pensament també. Ser forastera és viure des del marge, amb la llibertat i els perills dels camins poc concorreguts. Caminar a soles és un destí i no té res a veure amb el lloc de naixença. La trobairitz podria haver nascut allà mateix, al palau dels Rocabertí, a Peralada, i ser-ne igual d'aliena. Però alguns girs en el seu llenguatge em fan pensar en corrents llunyans, que per la seva malenconia podrien ser septentrionals, nòrdics, i pel seu floriment sensorial i eròtic podrien provenir de l'alta poesia àrab: *coloma meva, flor del taronger, doll d'aigua*. La tensió que aquesta pulsió eròtica manté constantment amb la pulsió de mort recorre tota la poesia —o el que n'ha quedat— d'Alba de Peralada.

Amor i mort: principi i fi.

Els dos extrems es troben a tocar a l'inici del seu viatge, són causa i conseqüència: l'alegria de l'amor es converteix instantàniament en condemna. En coneix el preu i, de grat, el paga.

El seu viatge acabarà amb aquesta *canço*:

Si mai vós.
Si mai jo.
Si mai més vós i jo, midona,
sota el lli i les plomes.
Tot ho donava per bo.

No sé com ni quan acabarà el meu.

Respiro fondo, carrego la motxilla i m'hi llanço.

El punt de sortida és el poble de Peralada i, després, seguint l'N-240 en direcció nord, em dirigiré cap al pas fronterer de l'antiga via marítima que, deixant a llevant el cap de Creus, travessa les costes de pedra negra de Colera i Portbou fins a endinsar-se en la Costa Vermella francesa, rica en ostres i vi dolç de Rivesaltes. És un territori que conec bé.

Trepitjo les llambordes gebrades del primer matí de l'hivern. Peralada és més cèlebre avui pel seu casino que per la seva història, però en passejar pels seus carrers més estrets puc llegir en les pedres, arcs i portalades un passat amb regust de tapissos i llaüts. No queda en peu ni una paret original del palau comtal, però en recorro l'antic emplaçament, que és on avui hi ha el castell, i m'hi transporto amb l'ajut de la imaginació i de les dades que se'n conserven.

Disposo, a més, dels ulls d'Alba.

El palau dels Rocabertí és de planta rectangular, amb una nau central senyorial i dues ales laterals on hi ha les cuines, les habitacions de servei i les quadres. Els passadissos que uneixen les estances són llargs i foscos. A l'hivern hi fa fred. La gran llar de foc crema nit i dia a la sala principal, i dues de més petites a les habitacions del vescomte i de la dama, quan es fa fosc. Les separa un mur gruixut. La de la senyora és l'única cambra que té tapissos a les parets i, a terra, una catifa de seda i llana. Tot allí és amorosit i somort: el so, la mirada. Les finestres estan cobertes de vidres del color del bosc. L'única claror és zenital i penetra a la cambra des de més de tres metres d'alçada: la lluerna de la teulada. D'any en any, les colomes hi fan niu. Aleshores se sent el parrupeig i el suau batre d'ales. Només la senyora i les seves dames de companyia ho saben.

La senyora l'hi va ensenyar una vegada. Una de les primeres vegades.

—Mira, allà, enlaire, ho veus?

Però els seus ulls encara no estaven acostumats als secrets d'aquella cambra.

—No, a on?

El seu cap badava d'un racó a l'altre del sostre llunyà com un batall de campana. A la dama li va fer gràcia. La prengué de la barbeta, li aturà el moviment oscil·lant i badoc.

—Allà.

I sostenint encara el seu rostre amb el tou de la mà, va fer-li encaminar la mirada cap aquell punt del sostre que s'obria com un altre ull que les mirava.

—A la corona de la lluerna hi ponen els ous.

Ella va fer que sí amb el cap, lentament, no tant per significar que sí, que ja ho havia vist, sinó per retenir una mica més el contacte de la mà de la senyora. El favor de midona Beatriu.

El costum era que només una de les dames de companyia entrés a la cambra. I no era ella la que ho feia habitualment. Una de molt més vella i antiga acompanyava la senyora i l'ajudava a vestir-se i desvestir-se, a rentar-se i pentinar-se. Li perfumava els llençols. Les altres l'esperaven a la sala per servir-li els àpats, posar-la al corrent de les coses del servei o entretenir-la amb rondalles. Aquella era la funció d'Alba, per això l'havien cridada. Feia dos hiverns que era al servei de la dama, de la qual no en sabem de cert ni el nom. Al començament la veu li tremolava. Quan la senyora va somriure després d'escoltar-la per primera vegada i la va fer seure al seu costat, li tremolava tot el cos.

La senyora es va aficionar a les seves històries. La requeria en despertar-se. La requeria abans d'anar a dormir. I així va ser com va entrar a la seva cambra, i va sentir les colomes fent niu al cel.

—Mira, allà, ho veus?

Tot el cos tremolava.

Alguns dies arribaven els trobadors. A palau estaven ben entretinguts amb l'anar i venir d'aquests personatges; al sarró hi portaven mandolines i flabiols. Les dones esperaven d'ells que els portessin també la joia (i potser aquell nou invent que anomenaven «amor»). D'elles se n'esperava només que escoltessin i que de tots els pretendents escollissin aquells de més valor. Després de les menges i del vi, cantaven les dolçors i feien fines lloances a la dama. Cantaven paraules que mai no s'havien sentit a dir, excepte a dins del cap de cadascú, potser. A dins del seu cap sí, va pensar Alba. I enrojolí de ràbia.

Aquella nit no hi hagué rondalla. El senyor va tancar la porta de la cambra de la senyora amb pany i clau, i ell a dins.

Abans no marxessin, Alba va demanar als trobadors que li ensenyessin les *canços*. Estava decidida a compondre-les i, un cop apresa la forma i les rimes, era ben senzill: només havia d'escriure allò que li passava pel cap i pel cor. Així es va convertir en trobairitz, i així les *canços* prengueren el lloc a les rondalles.

Na Maria, dama de gran valor,
la joia, el seny i la fina beutat
i el vostre acull de lloança i honor,
el bell parlar i el tracte amesurat,
el rostre dolç i l'alegre criança,
el tendre esguard i l'amorós semblant

que són en vos sense engany ni mancança,
mon cor, sincer, a vos van decantant.

—Qui l'ha escrit aquesta? —li diu la dama, fos quin fos el seu nom veritable, Maria o Beatriu—. Algun dels d'ahir anit? Em plau més que les altres. En saps més?

—Moltes més, senyora. Si us plauen, us les cantaré dia i nit.

Cada dia, excepte quan el senyor entrava a la cambra. I un d'aquests dies, pel dolor roent que li causava no veure sa senyora abans d'allitar-se, se li va acudir *allò*. Però ella no era una coloma i no tenia ales. Va haver de grimpar pels murs de palau, a dures penes va aconseguir enfilar-s'hi. Quan va ser abocada a la lluerna ja era quasi negra nit. Un cop els ulls s'hi van acostumar, la va veure, sola a la cambra. Estava nua de cap a peus, la cabellera li cobria mitja esquena, però no pas les natges, ni les cuixes, ni els turmells tan fins. La senyora es va apropar a l'espasa abandonada pel vescomte, que feia més de mig cos d'ella de llarga, i se cenyí l'arnés a la cintura, estretint la sivella ben fort. Així guarnida, la desembeinà a poc a poc. Pesava. La recolzà al braç esquerre, i després una mica més amunt, a l'espatlla. I després la prengué amb les dues mans i la sostingué davant el seu rostre i es girà. L'únic que no va deixar a la vista van ser els ulls. Cuixes, ventre, melic, pits, coll de nacre. Per un instant tot va ser a l'abast dels ulls d'Alba. I la senyora, en un últim esforç, va aixecar l'espasa cap al cel, just cap a la lluerna on ella era abocada. Se'n retirà de cop. Però la imatge va quedar fixada. Per sempre; fins que es morís, fos quan fos i en qualsevol circumstància, sempre la veuria com fou en aquell instant: el seu Bell Cavaller alçant l'espasa, *midona* Beatriu.

La trobairitz no gosa mirar la senyora als ulls des que l'ha vist nua per la lluerna. A la dama li fa gràcia aquesta timidesa sobtada, quan fins ara tot eren *canços* i alegria, un frec a frec de riures i paraules que se li feia necessari i agradable. Per fer-la sortir del seu estat, la burxa, li pregunta si és que té mal d'amor, si algun cavaller de la cort, potser un dels homes del senyor, li ha robat el cor i la paraula. Ella li besa la mà i es desmaia.

Quantes *canços* degué compondre per a la dama? Quantes en va arribar a cantar? Quantes va llençar al foc de la gran sala? Quantes va signar amb un altre nom? Quantes van ser conservades en algun amagatall, a recer del temps i dels altres?

Quantes van travessar la pell? Quantes foren menester fins que la nit les trobà a totes dues sota la capa del senyor, colgades?

Per això us prec, si us plau, que fin'amor
i gaudiment i dolça humilitat
em puguin recaptar el vostre favor,
bella dama,
perquè em doneu de grat
ço que em forneix més joia i esperança,
car en vós el meu cor és confiant
i per vós tinc el que és goig i alegrança
i és per vós que sovint sospiro tant.

Puig que valor, bellesa, us fan honrança
més que a totes, car cap no us va al davant,
us prec, si us plau, que no feu confiança
d'amor, a cap truà vil o enganyant.

La flama de l'espelma que Alba sosté davant els llavis mentre recita balla amb cada alenada. Un fràgil equilibri entre cremar i apagar-se. Cremar més o apagar-se del tot depèn de si és més forta una paraula que una altra. La pregunta o la resposta. Als ulls hi té vidres a punt de trencadissa. Amenacen aigua.

La dama tot ho veu. Ara pot veure l'interior de la trobairitz com si l'espiés a plaer a través de la lluerna: mai ningú no l'adorarà com Alba ho fa ara mateix.

—Agenolla't davant meu —li diu la dama.

La trobairitz clava un genoll a terra, abaixa el cap, ajunta les mans com en una oració i les alça cap a ella. La senyora li pren les mans entre les seves. La cerimònia de vassallatge està feta. La cerimònia secreta.

—Senyora, si tan sols em deixéssiu recolzar el dors de la mà a la vostra cama...

Una esgarrifança, un estremiment. Un silenci llarg i un respirar curt. L'espera. La trobairitz, encara amb el cap cot, veu com la roba de la senyora llisca cap amunt i deixa al descobert el peu, el turmell i el genoll. La senyora li ha alliberat les mans que tot just ha pres en vassallatge. I ella, suaument, en deixa reposar una on comença la cuixa, tan blanca. L'hi deixa una estona. Espera. La roba llisca encara més amunt.

Quants dies? Quantes nits? Quin goig, Alba, morir així. Les colomes, a la lluerna, parrupegen.

La senyora l'ha triada per vestir i desvestir, pentinar-la, perfumar-li el lli. Li mana també que li canti, primera cosa al matí. A fora ja hi fa fred.

—Acosta't. Canta'm la fin'amor a cau d'orella.

Les paraules escalfen més que el foc, pugen al cap més que el vi. Fan perdre el coneixement. Abans de migdia cauen adormides a sobre el llit. Quan es desperten, ja és fosc i la capa d'hivern del vescomte cobreix les seves nueses. La dama comprèn: el mantell és magnànim i silenciós, però condemna.

—A trenc d'alba hauràs de marxar d'aquí. Ell no et pot tornar a veure.

A Alba triga a tornar-li a batre el cor.

—I vós?

Tot el cos tremola esperant la resposta. Tremola tota la nit. No vol tancar els ulls per no perdre ni un instant. No vol obrir els ulls perquè no hi entri la claror primera. Els gossos del senyor ja lladren a defora. Alba, maleïda alba, ja ets aquí, i jo no et vull, que per amar preferia la nit. Cal fugir.

Forastera vaig arribar, forastera marxo.

Les cinc paraules ja són bandera. Per a Alba i per a mi.

Mentre camino, els versos fan ressonar dins meu les primeres notes del *Winterreise*. Uns compassos de piano ombrius i decidits, com passes que s'allunyen en la fosca i cap a la fosca. Sense por, però doloroses. Un dolor viu que es confon amb l'orgull d'encetar el camí.

Quan Schubert va començar a treballar en aquesta obra, tenia trenta anys i en feia cinc que patia una sífilis que no el deixava viure, que li debilitava el cos i l'esperit, i el marginava de la vida social. Estava condemnat a la solitud. En un diari del mateix any que es va infectar, hi va escriure: «Amb el cor ple d'amor per aquells que em menyspreaven, vaig marxar molt lluny. Durant més d'un any vaig caminar i cantar cançons. Sempre que provava de cantar l'amor, es tornava dolor. Sempre que intentava cantar el dolor, es tornava amor».

Fins aquell moment havia escrit algunes composicions importants. Admirava Beethoven; va deixar dit que el dia que morís volia tenir-lo de visitant, al costat del llit final. De vegades desitjava que fos ben aviat. Les purulències fastigoses, la melancolia, la febre, el cap que de vegades se n'anava... El mercuri, remei inútil: el temps li guanyava la cursa. «Una nit amb Venus, tota la vida amb Mercuri», deien els que feien mofa de la malaltia. Però ni el mercuri funcionava.

Abans que tot acabés volia deixar petjada. Una de fonda. Com una tempesta de neu que esfondrés les teulades i deixés els seus habitants nus i desemparats, a la intempèrie, carn dels elements. Tard o d'hora a tothom li arribava, sí, però així, de cop, com un llamp extraviat, quan encara no era l'hora... Qui sap quan és l'hora veritable? O perquè arriba quan ha arribat. Si és que hi ha un perquè. Si és que està escrit en alguna banda.

Potser el destí està escrit en les notes d'un pentagrama.

La partitura original del *Winterreise* és un camí de solcs i ales negres sobre un paper blanc. Com les tecles d'un piano. Les cinc línies paral·leles que acostumen a encarrilar l'escala no semblen servir-li de gaire al compositor. A mesura que avança, s'allibera i ocupa l'espai entre línies i als marges. L'espai on normalment només hi ha silenci.

Ara, un corb hi gralla.

Schubert havia llegit els versos de Wilhelm Müller. No *La bella molinera*, que ja havia musicat feia temps. Allò nou. Allò altre. Molt més bo. Dotze poemes que responien al nom de *Winterreise.* Un home jove que fuig, o més aviat és expulsat. Un solitari que abandona la civilització per fer camí a les muntanyes. Un viatge en ple hivern. L'últim viatge. Res no podria plaure-li més. S'asseu al piano. Encén les espelmes. Entinta la ploma. Ja hi és.

El foraster ha d'emprendre el viatge per camins coberts de neu. Per única companyia, la lluna i els animals salvatges. «Per què hauria de quedar-me si se'm vol foragitar? Que els cans perduts udolin davant la porta del seu amo!» Per un costat, la fúria; per l'altre, el record dolç de l'amor: les pulsions pròpies de l'ànima romàntica.

En som tres fent el mateix camí.

Bona nit, estimada;
no destorbaré els vostres somnis.
Que no dormíssiu seria llàstima; no seguiu
les meves passes.
Tanqueu suaument els batents.
En passar us hi escriuré «bona nit»
perquè sapigueu que és amb vós el meu
[pensament.

Bona nit, Bell Cavaller, dama Maria, midona Beatriu. Bona nit, caminant solitari. Nosaltres, que podíem haver estat llegenda, hem esdevingut enyor.

Així Alba emprèn el camí i comença el viatge: la llera seca i el llagrimal humit.

Així surto jo de la vila, de bon matí: enfilo cap al nord, deixo enrere Peralada, el meu escriptori i els meus arxius. Aquella que ja no soc del tot, aquella de qui m'acomiado, ha quedat vetllant rere la porta, com un fantasma.

A tu, també: bona nit.

2. El penell

La carretera que porta de Peralada a Llançà és una recta interminable, que en aquestes dates no presenta ni tan sols l'estímul alegre dels camions que hi venen síndries i melons a l'estiu. L'antiga frontera amb Occitània, delimitada pels Pirineus Orientals, em queda lluny encara. Mesuro les forces, camino amb concentració i en silenci, provant de sortir de mi i entrar al cap de la trobairitz, a veure què m'ha de dir des de tants segles enrere. Poques coses hi ha més difícils que posar-se a la pell d'un altre, però d'alguna manera s'ha de fer. Com devia ser ella físicament? Com el cos que l'embolicava? Només puc imaginar-me-la a partir de les seves paraules, com si fossin un mirall invers. Mentre camino, les recito per dins.

> *Adeu a tot això. Fruits madurs, nits d'estiu, fulles d'àlber.*

Aviat veig a mà dreta les restes del castell de Quermançó, avui a penes una torre a sobre d'un turó sec i pedregós, on sembla, pels seus versos i les meves recerques, que uns guàrdies van cridar l'alto a Alba.

Fora muralla tot era desert, tot era nit. La tramuntana, el vent del nord, feia grinyolar el penell que coronava la teulada de palau amb la figura d'un roc, un dels nou que, pintats d'atzur, componen l'escut del vescomtat: nou torres, acabades en dues punxes simètriques, cada una apuntant en direcció oposada. Aquest roc heràldic perviu encara a dia d'avui; res no desapareix del tot sota el llençol de la història, els signes tan sols muden i es recomponen, com les lletres de les *canços* i els *lieds*.

La silueta del roc es dibuixa contra la lluna la nit que Alba abandona el palau, però ella no hi veu cap torre: són les ales d'una coloma negra que no sap cap a on volar.

Adeu a tot això: el neguit, l'esperança, l'amor.
Adeu a les fulles d'àlber,
a les nits d'estiu,
als fruits madurs que pengen dels arbres.
Benvinguda la foscor.
Benvingut l'oblit.

Si vós i jo mai, midona...

Cal caminar, remuntar la serralada, fer front a l'aire glaçat. Travessar les Alberes a l'hivern. Tornar a casa. Però després del primer pas, de casa ja no n'hi ha; només hi ha camí. El camí serà la casa.

La senyora li ha donat la capa de pells sota la qual jagueren. Per vestit, dues túniques, no gaire gruixudes, i mitges de llana. Els peus, embolicats i lligats amb cintes de cuir. Un petit sarró amb un mos i algunes monedes. Fins a on arribaria jo si només hagués de comptar amb això? No pensar. Primer un pas, després un altre. És així com es fa camí. Fer camí i no mirar enrere, però —ai, Alba!— el penell de palau gemega. Deu sentir-lo ella també? Deu fer-li pensar en el seu dolor? Duu també aquest dol al cor, o és només cosa de forastera sentir aquest immens enyor? Potser dorm. Potser és privilegi dels nobles no tenir pena. Ella, en canvi, en carrega per les dues. Tanta que li vincla l'esquena. Quan enfonsa el cap al mantell sent encara restes de la seva olor i torna a sortir-ne de cop. Amunt, endavant, amunt! A llevant, sobre la ratlla del mar, el dia clareja.

Penell té el mateix origen que *ploma* i també que *pena*. Sobre el llençol de vent, la trobairitz hi escriurà el seu plany. Sota les soles de cuir, el petit dolor de les pedres li és plaent com un ferm company de viatge. A la dreta del camí ral, sobre un turó pelat i orgullós, s'alça el castell de Quermançó.

—Qui va?— criden de lluny.

—Només una forastera.

Sent rialles i so de bastons. Per si de cas, fuig del camí principal. Busca la protecció del bosc, dels corriols, la complicitat dels arbres. La foscor. Com un animal salvatge, així buscarà la frontera. Com un animal salvatge, així servarà el seu record.

Per l'ombra i els corriols xics: els camins de l'ànima.

Per la porta estreta, i no per la via ampla.

També jo, fins ara, he caminat sobre l'asfalt i la línia recta; s'imposa un cop de timó.

Una mica més enllà de les ruïnes del castell, en surt, a mà esquerra, un GR. Duc a l'esquena la meva bona motxilla amb provisions i sac de dormir, així que decideixo abandonar la carretera i seguir la ruta per l'interior, que és, al capdavall, com va fer la trobairitz. No soc aquí per fer més trampes, per amagar-me del que duc a dins. La vida no m'admet més subterfugis, i li he donat la meva paraula: arribar-hi al fons del fons, mirar-la de fit a fit. Saber què em demana. Comprendre el llenguatge secret que m'ha dut fins aquí. D'acord, doncs; adeu a les ostres i el vi de Rivesaltes. Benvinguda la fosca. Benvingut l'oblit.

Adeu.
Adeu a tot això.
El vent juga amb els cors,
com el vent amb el penell
de la teulada de la meva amor.

3. Llàgrimes glaçades

Faig camí entre petits pobles d'interior i camps de conreu, oliveres, vinyes aspres. Un paisatge humanitzat, solcat de carreteres comarcals ben comunicades. Arreu hi arriba l'aigua i la llum i fins el senyal dels satèl·lits més remots. Travesso un territori apamat i amable, sense misteri ni perill. El bosc encara és lluny, i el cim, i l'altra banda. M'havia acostumat a viure així: en la seguretat de les parets i el sostre, del plat calent a taula, de la ruta que se sap a on comença i a on acaba i quant de temps es triga a seguir-la de principi a fi. Sense misteri ni perill, sí. Sense res que quedi fora dels mapes. Fins que de cop, sense esperar-ho, la fosca va esquinçar el vel i em va mostrar l'autèntic paisatge. Tots portem una bomba a dins. La qüestió és què fem fins que esclata.

Hi ha maneres de viure que són més mort que el morir.

La trobairitz, com el caminant del *Winterreise*, ha triat la via esquerpa: carena amunt, per sobre les roques gebrades, obre al seu pas un camí fins aleshores inexistent, com abans ho ha fet amb les paraules.

Midona, si vós i jo mai...

Però ara no vol pensar en les *canços*, només a fugir —de debò fuig? De què, de qui?—. En realitat, l'han fet fora. I la dama, no hi tenia res a dir? Camineu, cames, trepitgeu la pedra i aquest polsim blanc que ho ha cobert tot aquesta nit passada, que ja mai més no desapareixerà. El paisatge, com la memòria, per sempre cobert de blanc.

De llevant li arriba encara un gust salat de mar, que no veu, però que sap. Una vegada van anar-hi juntes, la senyora i les seves dames, amb un seguici de cavallers que les acompanyaven. Un present inesperat del senyor:

—Avui veureu el mar per primera vegada.

—I és lluny?

—Més enllà de Castelló hi ha la badia més ampla que mai hagueu somniat.

—Com una boca oberta, com un cor?

—Com una sina de la deessa blanca que ve de l'altra banda de la mar?

—Del serrall dels moros, voleu dir! —crida un cavaller, i els altres li riuen la gràcia—. Els que han anat a les croades els coneixen molt bé...

El vescomte també hi va anar, a la croada. I els seus cavallers. I algunes dones acompanyaven els seus marits, però la dama no ho va voler fer. I la senyora es feu senyora de tot. Administrà les terres i el palau i la seva gent com si fos una gran cort, una cort de veres, de les de l'altra banda, a l'Occitània. Fins que ell va tornar. La trobairitz pensa que quan la dama va aixecar l'espasa, hi tenia tot el dret. Midona Beatriu, el meu Bell Cavaller. Per sempre al seu servei; no hi ha manera de trencar el pacte de vassallatge, i menys si aquest és secret. Ella l'hi ha manat: hauràs de marxar a trenc d'alba.

Bell dolç amic, verament us puc dir
que no heu deixat mai de fer-me delir
des que heu volgut que us tingués per amant;
ni que tampoc no hi ha hagut cap instant,

bell dolç amic, que veure-us no volgués;
que mai d'amar-vos no m'he penedit.

Però no li ha pas manat que tornés.

A terra, els matolls i les garrigues li esgarrapen les mitges de llana. És bruta de fang la vora de la capa del senyor. El coll, en canvi, encara és net i calent com el llom d'un ermini a l'hivern. La bestiola blanca, que viu als marges i es nodreix d'insectes i d'ocells. El cos llarg i elàstic, el ventre suau, que rellisca entre les seves cames...

Voldria haver-la avarament
entre mos braços nua una nit.
Feliç seria en el meu llit
si jo li fos coixí plaent.

Mai més.

Cel gris sobre el cap cobert, vent esmolat sobre les galtes; ha deixat enrere la plana. Ja remunta la falda de la serralada que li és nom i destí: l'Albera, la muntanya blanca. L'amagatall de les tortugues i les guineus, de les òlibes i, ara, de les ermines glauques. Glauques d'espant. Camina com si l'empaités un dimoni per endur-se-la a l'infern. I no, l'infern és el cap que no calla. I per això camina de pressa, i s'entrebanca, i s'aixeca. Sense aturar-se. L'alè dibuixa núvols de tempesta, que potser la dama veurà des de la seva cambra, per la lluerna de la teulada. Eren tan boniques les tempestes a palau, vora el foc, sota els llençols, o separades per les parets de pedra, trobant-se a faltar, anticipant la trobada: imaginant-se.

Deu ser això *l'amor de llunh*, un imaginar-se per sempre? I quina és la frontera del *llunh*, la seva *lunhania* màxima, l'última marca? És aquí a on vol arribar la trobairitz?

A mitja pujada s'obre un petit clar. Una roca, com un tron dels pobres, dels animals, dels orats i dels sants. S'hi acosta per reposar-hi un instant. Els pulmons panteixen com una fera tova, les cames tremolen per l'esforç. Una fina línia blava, més que no pas l'horitzó marí, sembla a penes el record esvaït del mar. Serà l'última vegada que el vegi. A partir d'ara anirà cap a ponent, resseguint la cresta de la serra, ara pelada, però que a poc a poc s'anirà fent bosc, fins a ser bosc del tot, dens i negre com el plomatge d'un corb. Ha sentit a dir que al país dels càtars les dones hi tenen bona rebuda. Arribarà al Llenguadoc. Es farà de l'orde. Oblidarà les *canços*. Resarà per salvar el seu esperit de la condemnació. Resarà per oblidar-la.

Treu la mà fora de la capa de pells, amb la palma còncava, com si volgués endur-se'n amb ella una copa de mar blava abans de marxar del tot. Sense saber d'on, li cauen a dins quatre cristalls. Amb les puntes dels dits, es ressegueix les galtes i després els ulls. Hi troba llàgrimes gelades, caramells de l'ànima.

En peu, en peu! Cal oblidar l'amor, fi com la línia del mar que ara es dibuixa a les seves espatlles. Fràgil com els diamants de gel que fa cruixir al palmell de la seva mà enravenada. La memòria, com els cristalls de neu, es fon i es barreja amb la memòria dels altres, i canvia de forma, i ja és un cristall nou, i finalment desapareix del tot: es converteix en aigua.

L'aigua, que és l'origen de la vida i el principal nodriment del cos.

Com em manca!

La meva ruta ja ha començat a fer-me esbufegar. M'ho esperava, sí, però mai no podem anticipar la mesura real del nostre patiment. Entre la imaginació i el dolor hi ha un pont trencat. Entre la imaginació i la mort, un forat negre. Fa una estona, aproximadament entre Vilamaniscle, a l'oest, i Valleta, a l'est, el terreny ha començat a fer pendent, encara suau, encara no gaire pronunciat, tot i que aviat pujarà de cop, sense clemència. Soc en una terra d'extrems, on es passa de la platja al pic en tan pocs quilòmetres que fa estremir. És també la seva bellesa, una bellesa a voltes dolorosa, que ens sotmet. La bellesa és tan misteriosa com la mort.

Decideixo fer una parada breu per honorar-la i també per estrenar la cantimplora, que em deixa a la boca un regust metàl·lic, aspre però reconfortant perquè em recorda que visc al present. Que visc. És agradable sentir l'airet sobre els llavis humits. Potser l'esforç paga la pena, potser això: sentir que estem al servei del vent, que és ell qui ve a refrescar-se a les nostres galtes, que som súbdits seus. Mentre m'eixugo i recobro l'alè, recordo els versos abnegats de la trobairitz.

Que un amador, si amor advera,
amb el gust d'ella tant s'avé
que admet tot el que ella sosté.

La dama li ha manat partir. I la trobairitz, per no sentir la pena, creu que fugir és el seu propi desig. O, potser, la raó és més simple i directa: el pacte, l'obediència, la fidelitat sense esquerdes.

Una missió, un destí.

Servir la dama amada i acomplir tots els seus desitjos era un dels preceptes de l'amor cortès. L'*ars amatoria* cantada pels trobadors imposava a l'amant quatre grans deures respecte de la seva dama: servir-la, adular-la, honorar-la i mantenir el seu amor en secret. Tal vegada és per aquesta última raó que els versos d'Alba han romàs ocults fins ara.

En aquest codi de conducta, el punt clau era el servei amorós a la dama: el galanteig, el tracte exquisit, l'art de la seducció... la cortesia, en una paraula. Era un principi moral que s'elevava a virtut i ennoblia l'amant. L'amor desinteressat cap a la dama, a la qual es rendia vassallatge de manera callada i oculta, la reconeixia com a superior, considerava el seu amor únic com a font d'ennobliment, acceptava el patiment per aconseguir-lo i la mort, en cas de no fer-ho. Suposava, a més, rebutjar el matrimoni, perquè en ell no tenia cabuda l'amor, en front d'un *amor purus*, que unia les ments i els cors dels amants, però que n'excloïa el coit.

Diria que la meva trobairitz compleix a la perfecció tots els preceptes de l'amant cortès excepte aquest últim: el coital.

Que un amador, si amor advera...

La dama, doncs, li ha manat partir, no pas que torni. La trobairitz s'hi avé. Però el cel, gebrat, plora.

Miro cap amunt. A les Alberes, hi comença a caure una pluja fina i dolorosa com l'amor. Jo també creia haver-lo conegut, abans que comencés a nevar-me per dins. Ara té el gust ferrós de l'oblit. Faig un últim glop i escupo l'aigua. Deso la cantimplora i em torno a posar en marxa. Per espantar el mal temps, camino i canto per dins: plora amb mi, Alba, fins que es confonguin les nostres llàgrimes, com els corrents d'un sol riu, que es desglaça.

Desmemòria. Cos. Aigua. *Winterreise.*

4. Cor gelat

Un cop perdo de vista el mar i enfilo l'Albera, entro en un paisatge d'espina i de calç: la terra del matoll i la sargantana, de la branca estassada pel vent que arriba de més enllà de la serra. Cargols als núvols i cargolines a terra, arrapades als fonolls. On queden la sal i l'escuma, l'esquitx feliç de l'aigua?

No recordar, caminar només: un peu rere l'altre, sense dir res. Oblidar qui he estat fins ara. Disciplinadament. Quan el meu cap funciona al ritme del vers, no sento el dolor a les cames.

Després de quatre hores de ruta obstinada, arribo al puig de la Calma. Descarrego la motxilla i m'hi deixo caure al costat. Sento com m'aixafa el cansament, i ni tan sols he acabat la primera jornada. La medicació que em donen, a més d'anul·lar-me les hormones, em deixa eixuta per dins. Tot cruix; he perdut les últimes restes de joventut. Em consolo dient-me que el cos s'hi ha d'anar acostumant, que músculs i ossos i articulacions s'han d'adaptar al nou estat tal com el pit s'amolla a les absències: no pas indemne, sinó tibant i rebregant carn i nervis i venes. Fent contorsionisme amb la pell i la pena. Si és que no es trenca en mil bocins; mai no se sap del cert quan es pot resistir.

Serà un viatge llarg.

Penso que el paisatge no deu haver canviat tant des dels temps d'Alba fins ara. Des d'aquí veig tan sols la serralada esquerpa, a ponent, i, al fons de tot, quasi només endevinada, una cadena de muntanyes que sembla la porta del cel, però és la porta de França. A l'època de la trobairitz era l'entrada a Occitània. El Rosselló és ben bé a sota meu. A partir d'ara, m'encaminaré cap a l'oest per les crestes que menen al Llenguadoc. Cap a on podia dirigir-se Alba, si no? Buscava refugi a la terra heretge dels càtars, potser volia arribar al castell de Montsegur, on diuen que es custodiava un misteri, aquell que tots encarem un dia o altre. Són set jornades a peu. Set dies i sis nits. Un esforç completament fora del meu abast, si m'ho paro a pensar. Però no és la força de la raó la que m'empeny, sinó una veu que ve d'alguna altra banda.

Aquest viatge el faig per saber per què l'he fet.

Jo, almenys, trobaré petits refugis de muntanya, com el del coll de Banyuls, on tinc previst fer nit avui, però la trobairitz només degué trobar caus, coves i els túmuls de pedra dels morts primitius. Alba, que la mort ja la sotjava, com l'hivern sotja la primavera en secret, de reüll, esperant el moment precís en què tornaran a creuar-se, un instant, prou per veure's el rostre i conservar-lo dotze mesos a dins. Però ella no. Sap que la primavera no tornarà, almenys no aquesta: la primavera de la carn.

Sota la neu, la trobairitz busca les traces de quan caminaven de bracet pels prats florits. En va: cap petjada, cap imatge. Només la que conserva dins el seu cor glaçat. Si el meu cor s'afluixa, què us recordarà? De mi, quina part? Quina part si el cor es desglaça? I de l'aigua que en regalimi, qui en beurà? O potser s'hi pixaran a sobre les feres salvatges i els cans? Serem això, dama meva, quan el meu cor, eixut de memòria, es fongui per sempre? Vull conservar el meu cor gelat! Això pensa la trobairitz.

Les pedres. Cosines tossudes del gel i de la nit dels temps. Immemorials. Per sobre les pedres i el rostoll d'aquest territori dur i pelat, el de la fugida, el de l'abandó, la trobairitz camina. De tant en tant, es torça el turmell mal aferrat per les tires de cuir, sobre les soles febles de pell de vaca.

I per què la dama no va voler guardar-la entre cotons i velluts?

Si en amor no sou mofaire,
perquè em cediu tot el mal?
Per què no el sofrim igual?

Dic i no soc pas parlaire
que més que vós soc malalt,
colpit d'un dolor feral.

Au va, camina, que caminar els mals pensaments espanta. Però si calles, quina raó de ser tindrà el cor? Quin batec les cames? Passa un aligot per la cresta de la muntanya, i les nuvolades l'encerclen i l'atrapen, fins que el fan arraulir entre el fullatge d'un arbre. El moviment és el millor amagatall contra la por. També contra el pensament neguitós, i contra aquella alenada d'aire negre que s'aboca cap endins, que nega de sutge el cor.

No, només caminar: perseguir a cegues el teu pas, Alba, com les taques negres es persegueixen en un pentagrama, les tristes notes d'un *lied*.

M'ajupo per agafar un grapat de terra, pel gust —o la necessitat— de tocar-la. Engrapar la terra és retenir-ne el nom. Les Alberes s'escolen entre els meus dits. Si el meu cos es desfés, com es desfarà algun dia, fins a convertir-se en el que va ser primordialment, tindrà aquesta formulació exacta: la calç, el matoll, la pell de la sargantana, l'agulla dels pins, la flor groga de l'alzina que taca la pell i tenyeix el lli. La trobairitz devia anar vestida així: una túnica de cap a peus, o potser dues; era hivern. A sobre, una tela de sarja crua, amb caputxa, tintada amb el color de l'escorça de l'arbre, el daurat de la flor, el rogenc amargant de l'arrel recargolada com els cabells de les dones de l'Àfrica, amb aquella olor dolça i ensofrada, aquella trampa que crida i es tanca i ja mai més se'n pot sortir. A sota les robes, mitges de llana i algunes benes embolicades al voltant de les cuixes, els ronyons i els pits. Per sobre de tot, la capa de pells del senyor. Les soles de les sandàlies són tan fines que pot comptar amb els peus veces i pinyons.

Alba, que marxa sola sobre les pedres, amb el cor gelat, en el seu viatge d'hivern. Alba, que no vol que el cor se li desglaci per no perdre la imatge de la dama que hi té gravada. La dama que li ha manat que se'n vagi. No pas que torni. Fa el cor fort mentre obre camí. Aviat la nuvolada l'encercla com abans ha encerclat l'aligot. No hi ha cap aixopluc a prop. El bosc encara és lluny, i les coves, i els caus, i els dòlmens. Però plou. No hi ha res a fer, res a dir, ningú contra qui alçar el puny. Només alçar la mirada, i contemplar amb dolcesa, escriure amb els ulls:

Rere els fils que desfan el tapís del cel, us veig.
Com si obrís la cortina dels vostres cabells
per descobrir-vos el rostre.
O el rostre de Déu.

Quan l'aire amolla la neu, vós em parleu.

Perquè la pluja s'ha anat tornant blanca. I ja no és aigua, ara és neu, que fa fressa tova sota els peus, com els petits gemecs del llit, a palau, a casa. Cada passa és un record que s'encén i que s'apaga. Caminar: posar un peu darrere l'altre, trenant versos, notes musicals, imatges. Fent i desfent memòria i cos i paisatge. Deixant caure grapats de terra sobre les petjades de qui ja no serem mai més.

5. El til·ler

Comença a fosquejar quan albiro les quatre parets del refugi del coll de Banyuls. L'últim tram del camí puja dret entre corriols i tancats de vaques. De tant en tant, se sent un bram que en la vesprada retruny i espanta, com si la terra s'hagués esberlat i descobrís la visió de l'avern. No puc dir que la imatge del refugi, quan per fi hi arribo i n'obro la porta, sigui tan espantosa com això, però, tot i el cansament que carrego ara, tampoc és ben bé la imatge promesa del Cel: sembla més aviat un búnquer. El recinte no fa més de tres per tres, no té llum ni aigua, i el sòl sobre el qual haig d'estendre el meu sac és de pur formigó. Em falco les mans als ronyons i estiro l'esquena cap enrere, com un arc, mentre continuo mirant al meu voltant. El pit em tiba fort. A la llar hi ha restes de llenya carbonitzada. Tot put a buidor. És una buidor nova, una buidor física que, no obstant, trobo una mica alleujadora. Com si el que fins ara era a dins meu descobrís a fora un món que li escau.

Provo de fer un petit foc amb els branquillons de llenya que resten a terra. Però no me'n surto; no sé si em falta habilitat o paciència. Sembla que amb el fogonet de gas m'hi entenc millor. Funciona. Escalfo aigua per preparar un te. Devoro galetes esmicolades. El meu cos està tan fatigat que a penes pot fer res més que gestos automàtics. El meu cap, en canvi, no para: bull amb els versos d'Alba.

> *Vine, companya, acosta't*
> *aquí hi ha el teu repòs.*

Això ha sentit la trobairitz mentre feia camí, des d'algun lloc amagat als arbres, a les fulles, al vent. A la combinació de tots alhora, del seu xiulet, que li és conegut i amable. S'atura, busca, es gira de cop.

Sou vós? Sou aquí, midona?

En comptes de flocs de neu hi veu agulles daurades, volves de sol. Bombolles. En comptes de l'olor de quars i granit gelats, li arriben bafarades de mel i brunzits d'eixams.

Recordeu quan us cuitava cap al fons del bosc i us perseguia entre els troncs dels arbres?

Recordar us cal aquell començament
del nostre amor. Fou tan gran meravella
que mai per mi no en vindria el finiment.

Recordeu el nostre til·ler, midona? *Die lindenbaum*?

Die lindenbaum, el til·ler, és l'arbre que als pobles germànics representa l'amor, potser per la forma de les seves fulles, i també per la seva labilitat, que les fa tremolar de febre quan són aferrades a les branques, i giravoltar com una moneda que es juga a cara o creu, quan se'n desprenen i cauen. No sé a què es deu que Alba inclogués als seus versos aquest terme propi d'un context que, fins on en tinc notícia, li era aliè. Antiga herència dels visigots, potser? Símbol que per sobreviure s'amaga i es transforma prenent diferents noms, com les *canços* de trobadors i trobairitz? O va ser Schubert qui va introduir-lo posteriorment en aquest viatge d'hivern?

Die liendenbaum: les notes d'aquest *lieder* expressen la dolça nostàlgia dels que han perdut l'amor. També la dels que han vist de prop la mort i ja no en poden apartar la mirada. Quan Schubert va interpretar per primer cop les cançons del *Winterreise* davant d'un grup reduït d'amics, la cançó del til·ler va ser l'única que va dibuixar un somriure al rostre dels oients. Fins a aquell moment, el seu posat havia estat de preocupació i d'horror. El to lúgubre i desesperat de les peces precedents els feia témer el pitjor: que el seu amic s'hagués trastocat o, més probablement, que fos ja a un pas de la tomba. Ell s'hi va encarar: «Aquestes cançons m'agraden més que cap de les altres, i vosaltres arribareu a apreciar-les». Només *Die lindenbaum* va reconfortar-los.

Potser a Alba també.

Davant dels pòrtics de palau, ben bé al costat del pou, es dreçava un gran til·ler. A final d'abril ja era vestit de fulles verdes i fresques, no gaire atapeïdes encara; deixaven passar la llum com la gelosia a la capella. Si s'aixecava un ventet, les ombres petites de les fulles jugaven a fer-los pampallugues als ulls i a les galtes, i la dama es cobria amb la mà el rostre, cofoia, mostrant només el somriure ample i confiat, sencer, com un mirall que retornava al món tota joia, tot plaer.

Hi he inscrit, damunt l'escorça,
tantes raons d'amor!

El til·ler es presenta a fer memòria a Alba mentre fa camí. Veniu, companya, reposeu. Repengeu l'esquena a l'escorça, deixeu que us faci pessigolles al clatell! Deixeu que vagin creixent les petites llavors grogues que cauran a terra amb la calor, donant voltes i voltes en l'artefacte perfecte d'una tija i dues fulles simètriques, enamorades, que poca-soltes aterren sense permís al mig del front, dels llavis, entre els dos pits... Deixeu-me reposar aquí un moment, tan sols un instant en la memòria o en la imaginació. No són, potser, la mateixa cosa? Per què en prendríem una per certa i l'altra per inexistent? Per què és més cert el passat, que ja no hi és, que una possibilitat que no ha estat encara? I si vós fóssiu la faldilla del til·ler, florida i perfumada, sota la qual descanso? I si fóssiu el primer de maig, i jo el tronc ben plantat, i vós les cintes que l'engalanen? I si no hi hagués cap altra veritat que la que conservo dins el meu cor gelat?

Però al seu voltant no hi ha prades florides ni arbres que regalimen dolçor. Només el paisatge blanc de l'Albera, a l'hivern.

El vent peta de dret contra el seu rostre, desguarnint-li el cap, esvalotant-li els cabells. És a moltes hores ja d'aquell indret, però el til·ler encara la crida: «Aquí hi ha el teu repòs». Ella, cor glaçat, no es gira. Sap que, si ho fa, com Orfeu, la perdrà del tot i per sempre. I, si fos així, ella, com viuria? Quin dolor haver de tornar a la vida!

Ah, la dolça nostàlgia dels amants i dels morts. L'enyor és un niu fet d'espines. Ens reconforta i ens atrapa al mateix temps. Sortir-ne costa tant com trencar l'ou que ens closcava i començar a ser ocell.

Al refugi de Banyuls, niu fred d'aquesta nit, m'escalfo i m'hipnotitzo amb l'anar i venir de les flames blavoses, inconstants com l'amor que ens fa emmalaltir. De follia, els amors apassionats però impossibles, si no és que aquests dos termes es refereixen al mateix. De tristor, els amors que abandonem i se'ns desfan a les mans com dolços flocs de neu. De tots dos n'he tingut, i cap no n'he pogut salvar.

Em duc la mà al pit ferit.

Avui, fent ruta, he trobat un grapat de fulles de til·ler seques, recargolades sobre elles mateixes, com llànties de paper japoneses, probablement caigudes d'algun arbre proper i amuntegades als meus peus per un capriciós corrent d'aire. *Die lindenbaum* ha vingut a saludar-me. Una d'aquelles casualitats que tant ens agraden perquè ens fan creure en el sentit. Veure'l de prop. Tocar-lo, gairebé. N'he recollit i conservat unes quantes, com un bé preuat: una penyora, d'amor o de mort.

Un missatge.

Jugo amb les fulles recargolades una estona, les faig passar d'un palmell a l'altre com sorra d'un rellotge. Em relaxo i el cos cau en un pou. M'arrauleixo vestida a dins del sac de dormir. *Die lindenbaum* a la butxaca. La mà estesa sobre les cicatrius. Les ressegueixo amb la punta dels dits. Abans duien nom; ara són el meu *senhal*, la meva última marca. Són el que soc. Una creu i una ala. Al seu costat, el cor batega sense que jo hagi de fer cap esforç. Tant que m'havia entestat a fuetejar-lo!

Descansa, cor meu. A la porta hi escriuré «bona nit», per no destorbar el teu son.

6. Torrent

Es fa estrany obrir els ulls en un espai desconegut, nu, impersonal, sense cap objecte identificable al voltant. Com no recordar com et dius. No m'ha angoixat; en els breus instants en què creuava el llindar entre el somni i la vigília, entre la nit i el dia, he estat lliure. Un instant, un sospir lleuger. Després he sentit el fred al nas i a les mans, d'un blanc lilós, l'encarcarament i el dolor als músculs de les cames, la coïssor als peus, i m'he recordat de tot i he sortit del sac i he encès el fogó de gas i he fet cafè. Mentre me'l prenia, he repassat la ruta de la jornada d'avui sobre aquest mapa doble a on traço les meves passes a sobre les passes probables de la trobairitz.

A aquestes alçades del viatge, Alba ja devia haver arribat gairebé al cim de la carena, tal vegada al castell de Requesens. Hi ha a les seves *canços* un parell de referències geogràfiques que així ho fan pensar: principalment, un torrent que porta les seves llàgrimes fins a la vall, probablement la ribera de Requesens, que recull les aigües de l'Albera i les condueix muntanya avall, passant l'actual Sant Climent, on rep el nom d'Anyet i vessa a l'Orlina, que s'ajunta amb la Muga al costat de Peralada. El castell de Requesens, que datava originalment del segle XI, va ser reconstruït pels seus propietaris, els últims comtes de Peralada, a l'últim instant del segle XIX. Ho van fer seguint un estil arquitectònic que evocava l'època romàntica, i aquesta la medieval. Des dels temps dels temps, superposició d'èpoques, reinterpretació de formes i llenguatges; no existeix a penes cap construcció, text o artefacte artístic o mecànic que es pugui considerar veritablement original i pur. A excepció, potser, dels versos de la trobairitz...

Els compon dia i nit. Mentre dorm i mentre camina. Careneja amb recança, com si els ulls, en comptes de mirar endavant, volguessin guaitar enrere, fixar-s'hi, quedar-se per sempre allà, a on les hores no passen. Al regne del record.

Però el dia no s'atura. A fora muralla, decaurà la tarda. La foscor començarà a cobrir la plana, i després ja no es veuran les fogueres de Peralada i de Vilabertran. I així, quan el sol es pongui i la nit li glaci la cara, li solcaran les galtes llàgrimes gelades i, com qui deixa anar a mar una ampolla amb un missatge, les llençarà torrent avall.

Neu, que em saps tant la recança,
digues, on et du el corrent?
Just segueix les meves llàgrimes
i el torrent t'acollirà.
Passaràs amb ell el poble,
pels carrers atrafegats;
si l'ardor sents de les llàgrimes,
casa d'ella ja has trobat.

M'empasso l'últim glop de cafè, mentre faig un cop d'ull a fora, pel finestró del refugi. Fa vuit-cents o nou-cents anys, que és tant com dir mil, què hi havia en aquestes muntanyes? Potser quatre casotes de pedra, amb les seves pobres gallines i algun porc. Vivien principalment de pasturar vaques de muntanya, i de feines de bosc: la llenya, la recollecció. El mateix cel tan ample, sí, i també les roques: gairebé les úniques coses que perduren per sempre. Almenys, de les coses de fora. Per dins, serien igual l'enyorança, la malenconia, la tristor? Entendríem de la mateixa manera el sentiment que anomenem «amor»? I la mort? No, per descomptat que no. Entendre-ho no, de cap manera. Sentir-ho, potser sí. Tal com sentim el fred, la gana o el dolor d'una ferida que cou. Com sentim impotent i vençut el cos estès en un llit d'hospital, engabiat per baranes de ferro. Completament traït. Per molt que ara se'm queixi de l'esforç de fer muntanya, sento com respira fondo i es va descloent per dins. O potser no és el cos el que riu. Potser és aquella part que, negada fins ara la paraula, anhelava cridar fort, fer-se sentir. Se m'acut que potser hauria d'haver fet aquest viatge sense anorac de plomes ni botes de Gore-Tex, amb el cap descobert. Sento que res no em podria guarir més que l'esquelet nu, en contacte directe amb els elements i els astres, amb el seu llenguatge primitiu, el que resta a la fosca, el que ja no recordem. El que s'amaga de la llum de la raó i que, potser per això mateix, se salva i ens salva.

Ara vol sortir.

La trobairitz, quan no pot dir paraules, vessa llàgrimes i ardor. L'ardor sí que l'entenem. Tothom. Fins i tot el torrent de muntanya, que li respon:

Digueu-me on rau
qui més us plau.
En quin mirall fa estada
la que us lleva la pau?

Antigament hi havia un llenguatge dels arbres, com hi havia un llenguatge dels ocells; parlaven el llenguatge primigeni, coneixien els noms que els déus es deien entre ells. Potser hi havia també, doncs, un llenguatge de les aigües.

—Porteu-me al Cel— prega la trobairitz al torrent.

—No és a mi, no és a mi a qui ho heu de demanar, donzella —replica ell—, que el meu únic desig és fondre'm amb el Riu.

Ocells, arbres i aigües componen, també, un llenguatge del camí. Diferent del que em pensava, fet de signes que van més enllà dels números i les paraules. Aprendre'l és com aprendre a caminar. Fent tentines. Ensopegant. Buscant l'equilibri, la manera de sostenir-se en el món. Diuen que no hi ha dues petjades iguals en tota la capa de la Terra —i quina és la meva? Deu ser diferent de la que ha estat fins avui? Totes les cèl·lules del cos es renoven completament cada set anys; ossos, pell, cabell, sang, pits... he estat set persones diferents fins a aquest moment. Set petjades.

Amb prou feines recordo com era posar-se a les sabates d'aquelles altres que vaig ser. Cap a on em duran, ara?

Només el camí m'ho pot dir.

Em calço les botes, doncs, resistint el mal que em fan les butllofes que m'han sortit a les plantes dels peus aquesta nit. Recullo els estris, carrego la motxilla i em poso en marxa.

A fora del refugi de Banyuls, l'aire és gèlid i clar com només ho és a l'hivern. Inhalar-lo m'infon el coratge de les bèsties, com si jo, o una part pregona de mi, encara hi pertanyés. Com si pogués tornar a començar des de la innocència del cos salvatge, sencer, intocat. Un cos que encara no hagués emmalaltit. Decideixo provar-ho: fer camí sense GPS i sense mapes, saber si encara conservo l'instint aquell, l'oïda pels llenguatges secrets que un dia, quan encara no sabíem llegir ni escriure, parlàvem.

Busco les seves petjades, busco un torrent, busco el riu que una vegada va inundar tot Europa d'un corrent viu. Busco un vers que em sàpiga dir.

Si vós i jo mai, Midona.

7. Al riu

La ruta que ha de portar-me del refugi de Banyuls fins al de Requesens passa per diverses pistes, camins i caminois que no haurien de ser difícils de seguir; encara que no vulgui cap més guia que els meus sentits, les marques de pintura grogues, vermelles i blanques que senyalen els itineraris de muntanya haurien de bastar-los. Haig de resistir l'impuls de dubtar de si seran correctes, un hàbit que potser carrego de les avaluacions exigents, dels tribunals acadèmics, del judici sever. O potser es tracta d'una malfiança més fonda, arrelada al cor, al pinyol de l'abandó. Abans dels amants hi ha pares i mares. I abans d'ells, una cadena interminable de morts. Totes les pors es transmeten a l'última baula, com una vibració. Jo mai no he volgut tenir fills. Confiar, per a mi, és un aprenentatge.

Confiar en el camí.

Moure's seguint aquests signes primitius —creus, ratlles, triangles— deu ser com convertir-se en un animaló de bosc, que reconeix cada tronc, cada cau, cada roca. Però jo no ho soc, d'animalet de bosc. Soc un animal de cadira i escriptori. O almenys ho he estat fins a aquest viatge. El moviment, com les aigües d'un riu, ens transforma. Mai no ens banyem dues vegades al mateix riu, deia Heràclit; però tampoc som la mateixa persona quan hi entrem que quan en sortim. El riu és la metàfora predilecta del renaixement. Fa mil anys, un riu de *canços* va inundar Europa, i ja tot va ser diferent. Cada continent té les seves grans artèries fluvials, que venera. Cada racó de món, per petit que sigui, en té una que li batega per dins.

La Muga, que en llatí vol dir frontera, neix a les Salines nevades, es passeja per mig Empordà, corre pel costat de Peralada i mor a l'ampla badia on la trobairitz i la dama van veure el mar per primer cop. El riu és una frontera natural; qui no neda no la passa, a menys que construeixi un pont. O esperi que l'aigua sigui glaçada.

Degué ser així:

—Mireu, senyora, fixeu-vos-hi bé, si voleu veure un miracle.

La dama somriu. Han sortit de palau per fer un passeig i sentir l'aire fred a les galtes. Per sentir el dolor. Hi ha un centenar de metres des de la porta fins al riu. A penes s'intueix una blavor estranya, un broll sec.

—Quedeu-vos aquí, no us mogueu— insisteix Alba.

S'allunya corrent cap a la ribera. S'ajup. Comprova amb la punta dels dits. Torna a alçar-se.

—Sabeu què faria per vós?

La dama riu, mou el cap a banda i banda. La trobairitz es recull lleugerament el vestit, s'obre com un vano la falda.

—Caminar damunt les aigües.

Es tomba de cara al riu i, fent tentines amb el peu, avança.

—No!

La dama, de lluny, l'hi vol impedir; pensa que s'ofegarà en el corrent. Ha sentit un cop fort al mig del pit. D'esquena, Alba sembla un paó que inicia una dansa. Potser una dansa d'amor. Aixeca un braç per fer aturar la dama. S'endinsa una mica més a la llera del riu, agafa impuls, patina sobre les aigües gelades. Fins i tot, fa una volta com si ballés el rondó. Després, mirant la dama, li fa una reverència. Riuen. A l'aire, núvols blancs de riure i bafarades.

—Veniu!

La dama s'atansa a poc a poc. La trobairitz la contempla. Ella venint. La dama caminant cap a ella, com si les lligués un fil. La dama: primer un contorn, una forma, i després, d'un en un, els detalls coneguts: les parpelles gruixudes, les aletes del nas tremoloses, els llavis molsuts. Els genolls se li afluixen. Vol que aquest fil s'allargui i que no arribi al final del rodet, vol veure-la sempre així: venint.

La dama s'ajup i toca el gel.

—Així que un miracle? —diu sorneguera.

La trobairitz s'hi acosta, ara vol —desitja— que la dama tibi el fil i se l'enrosqui al voltant de la cintura, com una cadena, com una serp. Com si veritablement la tibés, llisca sobre el gel i se li apropa a un pam del rostre. Els núvols d'alè venen i van i es confonen. Alba estira l'agulla que subjecta els cabells de la dama, que es desfan sobre les robes. Li pren la mà, l'estira cap avall. Estan de genolls a sobre el gel del riu.

Amb l'agulla comença a rascar la superfície glaçada. Hi grava formes com fan els orfebres i els picapedrers. Un nom, potser? No s'acaba de veure clar. La dama s'hi fixa, hi posa ben bé al cim el rostre. S'hi emmiralla.

Cor meu, en aquesta aigua
no hi veus el teu retrat?
No et bull sota l'escorça
un riu també revolt?

Deu ser glaçada ara, allà baix, l'aigua? Se'n deu recordar, d'ella, el riu? Se'n recorda d'algú, el riu, un cop la seva aigua ens ha refrescat la cara i s'ha endut amb ella la tebior del rostre?

Aquest riu és una dona que ha perdut la memòria. Aquest riu és una dona que oblida i se'n riu. Aquest riu, sou vós, midona? Però, i si fos això? Si us trobéssiu al xiulet seductor del jonc i la canya. Si aquesta fos la vostra manera de dir: soc aquí. Si fóssiu pertot, i jo, com l'ocell a l'esbarzer, no veiés primavera enlloc.

I si Alba tingués raó?, penso mentre busco a la ruta els senyals de colors i m'entrebanco amb arrels sortints i branques baixes. Si tot el que és, ha estat i serà fos al nostre voltant sempre i per sempre, i nosaltres, cecs, no ho sabéssim veure. Dens i clar com aquest bosc d'alzines en què avui faig etapa. Tot seria al nostre abast, res no ens provocaria dolor ni tindria importància: l'amor, la malaltia, la mort. No hi hauria pèrdua ni abandó. Només caldria fer camí, confiats: un pas darrere l'altre, fins a trobar el nostre destí, el nom, la paraula que no es llegeix ni es diu.

El final del *Winterreise.*

8. Mirada enrere

Deu fer ben bé tres hores que camino per les Alberes sense aturar-me ni un sol cop. Camino amb una inèrcia alegre, sense parar-me a pensar gaire; a cada trencant, a cada indicador, faig l'exercici de deixar-me portar, sense que el cervell mani: avui qui mana són les cames, és el cos. Retrobar-me amb el cos és una sensació agradable. Com fer les paus després d'haver-lo dut a una guerra de la qual no era culpable; vaig ser jo qui l'hi vaig conduir, com un genet que rebenta el cavall a força de fer-lo anar al galop i no donar-li ni aigua. L'he esventrat per saber si a dins seu s'hi amagava alguna cosa més que els ossos i la carn. I, malgrat tot, ha resistit. Hem sobreviscut dols, passions, humiliacions, embriagueses. Hem travessat penyes, escorrancs, fonts, fagedes. Ara caminem, joiosament, sense mirar enrere. Tot i que la nostàlgia, de vegades, ens tempti com un cant de sirena. La nostàlgia de qui vam ser.

Quan em recordo d'aquell dia,
voldria girar els ulls de nou,
i tornar enrere, fent tentines,
i restar, muda, al seu portal.

La consigna és aquesta: no girar-se, no mirar enrere, no consultar els mapes. Aturar-se a mirar enrere és fer créixer estàtues de sal, perdre l'amor per sempre, convertir l'estimada en mortal, oi, Alba?

La trobairitz fa camí decidida, sap molt bé que no pot tornar, però, ai, si no ho fa ara, tan sols un instant, tornarà a veure-la mai? El palau. La torre. El penell. La lluerna. Es desfan, es desfan! Com abans es desfeien les cintes i les trenes.

Quan em recordo d'aquell dia, voldria girar els ulls de nou...

El primer cop que va veure la dama, va ser a penes un miratge: un seguici de vels i ombres creuant el pati d'armes. Darrere seu s'afanyaven les seves criades més velles; esbufegaven. Dues o tres gallines es van apartar abans de ser envestides al seu pas. Un cloquejar còmic les va precedir. Una forta olor de palla i de bestiar suat, a l'era de palau. A l'aire, una brisa portadora de bones noves: un llaç del tocat de la dama va voleiar fins a caure-li als peus. Sense pensar-s'ho, Alba l'agafà i va córrer a portar-li. Es va plantar al seu davant, amb la cinta reposant als palmells tendres, estesos al cel: una ofrena. La dama, per força, es va haver d'aturar.

—Em barres el pas.

No va poder dir res. No va poder moure's. Es fitaven. Els ulls a dins dels ulls. Per primera vegada.

Quant de temps, Alba? Quants dies, quantes nits?

La dama li agafà de les mans la cinta. No li va donar les gràcies.

—Au, aparta't —va dir una de les velles, estirant-la pel braç.

Després, quan ja tornaven a marxar a bon pas, va veure com la dama deia alguna cosa a cau d'orella de la serventa. I la serventa va pronunciar el seu nom: «Alba».

Com resistir-se a retenir la seva imatge un instant més a dins? Tot amor comença pels ulls. Si es girés per últim cop abans d'abandonar la carena amable, veuria l'espai que encara comparteixen: dona i paisatge, el mateix aire, la mateixa llum. Una mica més. Una altra vegada. I una altra. L'amor és obsessiu, l'amor és insistent, com un nen que demana que li expliquin el mateix conte cada nit. Llegeix aquella part una altra vegada, una altra vegada allò que és pur... Llegeix aquella part, aquella cap a la qual no podem tombar els ulls. Torna'm a dir la fin'amor a cau d'orella, una vegada i una altra, suplica Alba, encara que les meves oïdes no la puguin sentir, encara que els meus llavis no puguin pronunciar-la. Les paraules trobaran el camí. El pensament és un fil invisible, però que es pot percebre. Que potser no veuen els ocells camins traçats a l'aire? Ulls d'ocell, porteu-li al bec el meu pensament, com una fina branca, ja que jo no puc, pensa la trobairitz. Si ara em girés, es congelaria tota la plana: torrent, riu, palau i dama.

De vós, que jo amo més que res que sia,
ells em fan departir i lluny estar,
que ara no us puc mirar ni contemplar
i em moro de dolor i de fellonia.

Que l'amor que em té dins sa senyoria
mana en mon cor que us l'he de consagrar.
Doncs el creuré; si me'l pogués llevar,
el cor, jo el don a qui mai no l'hauria.

Si l'amor entra pels ulls, és al cor on després fa niu. La trobairitz ho sent ben bé: un esgarrap al mig del pit, fines punxades, com xiscles. Si bé els ulls no poden mirar enrere, el cor, pres, no ho pot deixar de fer. El cor és un ocell que s'embardissa; quan bat les ales, teix una corona d'espines. Per ser lliure, se sacrifica.

Alba, cor de dol, ha de reprendre el camí. I jo, embardissada entre els seus versos, aixeco el cap del sòl que les meves botes trepitgen i m'adono que, veritablement, dins d'aquest bosc de melancolia, he perdut el rumb.

9. Foc fatu

El bosc és el lloc de l'aventura, allà on els cavallers medievals entraven sense saber quan en sortirien ni com. Sovint els hi conduïa el seu cavall, del qual abandonaven les regnes, mentre ells restaven a sobre, fent camí adormits. El bosc és el lloc on perdre's. El bosc és el lloc on trobar-se. El bosc és el lloc.

Hi soc ben bé al mig. No sé en quin punt he pres un trencall que no era, però el paisatge més frondós i ombrívol em fa pensar que sense voler-ho he passat a l'altra banda. Al territori de l'os i del llop i dels llums misteriosos que fan embogir.

Els focs fatus eren atribuïts antigament a la presència d'esperits i ànimes en pena. Aquests petits fulgors incandescents, blavosos, que s'encenien i s'apagaven canviant de posició —fent saltirons, com els focs follets— es consideraven enganyívols, si no directament perversos. Desviaven els viatgers del seu camí, amb falses promeses de destins meravellosos, i acostumaven, en canvi, a dur-los a la mort. L'explicació científica diu que es tracta d'emissions de gas metà originat sota terra per la descomposició de matèria orgànica, una explicació que concorda perfectament amb la presència dels focs fatus als cementiris, i també a la vora dels llacs, llacunes i estanys pudents. Foc fatu es diu també d'alguna cosa amb aparença extraordinària que acaba sent no res, com les falses promeses, de glòria o d'amor etern.

Això és, molt probablement, el que va veure la trobairitz durant el seu viatge.

Veig un llum que crema dins una cova, pensa. No, no és una cova, és una escletxa. No, no és una escletxa, és una esquerda. No, no és una esquerda, és un esvoranc infinit! És un foc follet que m'enreda i em fa escarni posant-me al davant aquesta llumeta talment un mirall d'allò que jo he estat per a la dama; fa cabrioles grolleres i es mofa de mi. És el meu cor que s'esberla. És el meu cor, que abans d'apagar-se rebenta d'enuig i de desig.

Ara Alba malpensa i fa burla de les probables intencions de la senyora, que imagina prenyades de traïció:

Na Carenza, de bell cor avinent...
Na Carenza, un marit fa complaença,
però infantar és cosa de planyença,
que les mamelles pengen en flonjor
i el ventre és enfarfec i feixugor.

Els focs follets criden, canten a cau d'orella, diuen el malson: «Xiu-xiu-xiu xiu-xiu-xiu, és cec tot bell record, us ha enganyat la dama, era fals el seu cor». Canten al fons de la vall fosca, a dins d'aquella maleïda cova o escletxa o esquerda o el que sigui! La trobairitz s'hi precipita, baixa a rodolons. És la fúria el que ara l'incita i li fa batre el pit com el batall d'una campana ferotge. I ja no hi ha neu ni Alberes blanques: tot és roig i roent.

Què s'ha pensat? Qui s'ha pensat! Més noble, més alta, millor? I que tot això és motiu per menystenir la meva devoció? Per oblidar-me? Li diria, li diria, si la tingués al davant, o estesa al llit de l'alcova:

Dama, la gent fa menció
que si la dama sap amar,

al drut haurà igualment d'honrar,
car en tots dos hi ha al mateix do.
Si s'esdevé que ama més finament,
en fets i en mots en donarà entenent,
però si és falsa i amb cor mentidor,
el bell semblant li fa d'encobridor.

Dama, jo crec lletja opció
de noble dama, no acceptar
que mai no s'han d'equiparar
dos de qui els cors fan unió.

És a baix. Ha arribat del cim a la vall amb el cor sortint-li per la boca. S'ha torçat el turmell un parell de vegades. Una altra s'ha pelat els genolls. La capa del senyor ha quedat foradada (poc, poc). I ara prova de refer-se: agafa aire, atura les cames (d'on venien aquelles petites explosions venoses que li solcaven les cuixes com estrelles extingides? D'on venien i, sobretot, cap a on la portaven?). Però els ulls no li descansen, busca els focs fatus. Flamarades blaves s'encenen i s'apaguen als racons.

—Déu meu, doneu-me fe per deixar-me caure més avall, i més avall encara.

Sent riures (o són rius?). S'imagina rialles (o són fulles d'àlber?). O és, tot plegat, la dama que l'espia i se li esmuny? En bruixa, en esperit, en fantasma? No li cal; en té prou de ser noble dama del palau de Peralada, la muller del vescomte, res més. Si la senyora volgués, podria fer-la parar boja (o fer-la tancar per boja, que vindria a ser el mateix).

De tornar foll, tindria por,
dama, sota el vostre poder...

Els llums folls desapareixen. El cervell es manté esmolat, i el cor, encès de ràbia, udola.

Però no és el meu cor el que jo sento ara, no, són les tenebres en què m'he perdut. Els troncs d'alzina semblen gegants de cent braços; les roques, torres infranquejables. Faig intents de sortir-ne, trotades curtes cap a una banda i una altra, fins que al cap d'una estona m'adono que estic corrent en cercles i, desorientada, paro en sec, descarrego la motxilla i em deixo caure al seu costat, com un cavaller vençut que així i tot vetlla les armes. M'agradaria veure un foc fatu, però no. Al meu voltant, només hi circulen els sons grans i petits de la natura. Al sòl, el cric-cric dels insectes i les fulles; al cel, els trons llunyans. Entre la terra i el cel, una força vibrant que no s'explica ni s'entén, que només pot ser contemplada. Ho sento com una petita derrota, un pessic al meu vell jo, que encara cueja, furiós. De què em serveixen, al fons del bosc, els arxius i els pergamins? De què els títols i tots els llibres i llibretes i llibrots? De què tots els honors i totes les conquestes? Perduda en el món silvestre, desarmada de referències i enginys, sense eines ni armes, què m'espera sinó visions i monstres? Si perdo la raó, amb què compto? Què em queda? Qui soc?

De cop, sento una por immensa a desaparèixer, tant o més que quan van dir-me que la mort em corria per dins. Amb la mà sobre el pit ferit, dic el meu nom en veu alta, com un conjur, sense treva, com una sola cadena de síl·labes i fonemes... El crido fins que ja no el reconec i ja no té sentit i el meu nom ja no soc jo i jo ja no soc el meu nom i ja soc bosc i ja soc nit i perdo la por de perdre'm i udolo i ric.

Després, m'aixeco i camino cap allà a on els peus volen portar-me.

10. Repòs

Vagar em manté alerta. El fred i els peus tossuts no em permeten aturar-me; el vent m'empeny d'esquena i fa més lleugera la motxilla, però quan deixa de bufar o es fa costerut el camí, sento a dins tota la fatiga, tot el neguit. El cos desitja repòs, però l'ànima no vol descans fins que es trobi a lloc segur. El patiment i el desig caminen de bracet per una frontera feble.

És això el que sentia la trobairitz quan suportava l'hivern a les Alberes per fidelitat a la seva dama? El que sentia Schubert quan amb les minvades forces que li restaven renunciava a hores de descans per poder concloure les cançons del *Winterreise*? Era passió o sacrifici? Pulsió de vida o de mort?

La mort ronda sempre l'amor, Alba. L'empeny i el tiba, carena amunt, muntanya avall. S'amaga darrere els arbres, pren diverses formes. Es disfressa d'alzina jove i de roure vell. De cova, de llop, de tempesta, de corb. Es camufla sobre la neu, amb petjada ambigua, que no se sap si va o ve. O si dona voltes en cercle, com un caminant perdut al bosc. Quin cansament la mort, durant tota la vida! No deu ser ella, potser, la que ens fa viure? Tantes vegades s'ha dit això mateix de l'amor... Ves que no siguin la mateixa cosa, Alba! Una idea inacceptable, contra la qual ens rebel·lem, una idea que enfurisma la trobairitz mentre, com una fulla sense voluntat pròpia, volta i tomba per les Alberes nevades, patint, arriscant la vida, sense entendre ben bé per què li és donat aquest destí.

No sabré mai què us fa present.
He cercat de commoure amb mal o amb bé
el vostre cor que malmenada em té.
Jo mateixa us ho dic, no un pregador:
jo em moriré si no arribo a fruir
la joia vostra. Si em deixeu morir,
fareu pecat; mentre seré en turment
tothora us blasmaré salvatgement.

Ha arribat al fons de la vall. Un pas fronterer. L'actual Pertús, potser? Es veuen fogueres de lluny, deu haver-hi una posta de guàrdia. Pensa què ha de fer, no es decideix, li fallen les forces. Ara que s'han aturat les cames, la fatiga es fa present. I l'ànsia, desballestada, plega les seves ales com si fossin de paper. El bosc d'alzines és negre i humit. Els peus, cecs, xipollegen en basses fangoses on s'ha desfet la neu, més bruta que als cims. Hi torna a haver petjades humanes. L'aire ja no fa olor de glaç i d'astres, sinó una mica de sofre i de fems. Ha d'estar alerta.

Pels voltants hi ha una barraca de carboner, just al costat d'una muntanya que fumeja. Aquest vapor li farà bé. Li intoxicarà una mica el pensament, com si fos un vi negre fort i aspre. (Recordeu aquella copa de la qual els nostres llavis assedegats bevien, midona? Aquell licor que, gola avall, regalimava?).

La barraca és buida. Alba s'amolla en un racó. Es desfà les cintes de cuir de les sabates. Es fa un nus amb les mans i els peus, per tal d'escalfar-les. A fora, el cel és d'una negror que espanta. Treu pa dur i formatge del sarró, fa una queixalada. Li cau a sobre tota la tristor del món, una tristor amarga.

Si ella estimés mon cant, jo cor tindria
i em sentiria alegre i solaçat,
prô a menystenir-lo em trobo decantat
car ma dama que adés s'apercebia
del que jo dic, no em mostra benvoler.
A penes entre els bons em sé valer,
ja no soc com abans, xalest galant,
que ella el llaç que ens junyia, va segant.

Si vós em parléssiu, ja no com als ocells o als arbres, sinó tan sols com als cans. Si jo fos fulla seca o pedra nua que vos féssiu córrer a puntades, sempre cap endavant, lluny de vós, per tornar-vos a apropar i tornar-me a empènyer amb les sandàlies trenades... Si em donéssiu encara la vida, ni que fos a cops de peu.

Si vós i jo mai, midona.

I amb aquest vers a la boca, la venç la son. Mai no havia desitjat tant que Morfeu se l'endugués a l'altra banda.

Ni jo tampoc.

Com ella, decideixo fer parada i recobrar forces, menjar alguna cosa, fins i tot aclucar els ulls uns segons. Potser després sabré trobar la sortida del bosc espès que m'enteranyina el pensament. Recolzo el cap a l'escorça d'un arbre. Em deixo relliscar fins la seva arrel. Em relaxo una mica. Si no fos impossible aquí, diria que es tracta d'un cedre. És perfumat com l'encens, i em porta lluny, a un lloc antic, que ja no recordava. La seva flaire m'omple lentament els narius, cada cop més endins, fins al moll del cervell. I els ulls, rendits, deposen les armes.

11. Somni de primavera

La dama venia (d'on, d'on?). Del subsòl. De la mort. Se li apropava amb el rostre cobert per un vel lleu que tremolava amb la respiració. Oh, ser alè seu...

Era ella, cega, que anava a cercar la trobairitz sota el til·ler florit on componia aquesta *canço*. A Alba no li feia pas por. Les flors grogues del til·ler la beneïen com la pluja. Venia a cercar-la. Per què?

—Ja no canteu el nostre amor, Alba. Ara em maleïu. Que potser heu oblidat la meva abraçada, el jaç de lli i plomes, les colomes a la lluerna per on m'espiàveu?

Els braços de fantasma estesos cap a ella. Els

seus peus ensopegant amb arrels i branques baixes. I Alba que s'aixeca d'un salt.

—Midona, midona, no soc pas jo qui us ha traït!

—Potser cobdicieu altres dames, potser cerqueu una altra senyora a qui servir. És per això que ja no rebo cap *canço* vostra?

I ella que li diu:

D'altres amors he avorriment.
Heu de saber que si cap joia em ve,
serà la vostra, que la fe em manté,
em treu tots els afanys, lleva el dolor.
Només així puc arribar a gaudir
el goig que sense vós no puc tenir,
car buida en soc, que no he socorriment
sinó dormint, que ja la ment no sent.

Llavors la dama es desvetllà, que vol dir que es va treure el vel, com si fos ella i no Alba la que somiava, com si fos ella i no Alba qui hagués estat enterrada en l'oblit. I, tal com tot això, al seu somni, succeïa a l'inrevés de la realitat, també va passar que la dama, tremolosa de desig, se li oferí a sobre la catifa de la primavera. Però quan, després d'haver-se abeurat en ella com la set s'aboca a la font, la trobairitz va obrir els ulls, no hi havia al món altres flors que les *eisblumen* a sobre les roques gelades.

He somiat flors bigarrades,
com es desclouen en ser el maig;
he somiat prats ufanosos,
sonors d'alegres cants d'ocells.
I quan el gall cantava,
se m'han obert els ulls;
tot era fred i ombrívol,
i els corbs grallaven al teulat.
Qui dibuixava al vidre
aquestes fulles, doncs?
És que algú es riu de qui somia,
de qui a l'hivern veu flors?
He somiat amors feliços,
i una noieta maca,
i també cors i besos,
i joia i voluptat.
I quan el gall cantava,
el cor s'ha desvetllat;
i ara repenso el somni,
aquí asseguda, tota sola.
Acluco els ulls encara,
el cor batent molt fort.
Quan reviureu, fulles dels vidres?
L'amada, quan l'abraçaré?

Mai. Mai.

Si mai més vós i jo, midona.

Les fulles de vidre no reviuen. Són de gebre, no de saba. Per molt que les adori, per molt que se les miri, si hi apropa la punta dels dits es fonen i es fan aigua. El seu perfil d'estrella es perd per sempre. El seu dibuix únic i irrepetible ha durat només els segons imprescindibles perquè ella pugui contemplar-lo. Són també arrapades a molses i falgueres, i abraçades a les tiges de les plantes més altes; si ha fet vent, hi han quedat petrificades en forma de cabellera. Però quan el sol arribi a l'obaga... ai, efímer miratge: estrella, melena i dama.

El somni ha deixat Alba més sola del que estava. El somni redobla l'absència de la dama, perquè per un moment l'ha tingut a tocar (l'ha tocada!), i ara, quan la imatge s'ha fos, li ha deixat el cos sense ànima. Estès. Desinflat. Però és tan dolça aquesta nova buidor, té tant de no-sé-què que embriaga, que no voldria perdre-la mai més. No voldria que res extern la violentés. Els focs dels guardes al pas cap al Rosselló l'ofenen. El soroll de botes i espases grinyola a les seves oïdes amb una agudesa insuportable. La visió d'altres cossos que no siguin el de la dama li dol. Vol tornar als cims; és en la solitud on més la troba. La dama és estimada amb el gran amor de l'absència. Amb el gran amor de l'absència, així s'estima la dama. I així es desperta en la trobairitz l'anhel, ja no que sigui present, sinó de posseir per sempre la seva falta.

Errar pels camins és amar-vos a vós,
la Gran Absent.

S'encaminarà per corriols a l'altra banda de la vall. Tornarà a fer bosc i coll i carena i pic. Però ara té la sensació que ja no fuig, sinó que es troba. És aquí cap a on s'adreçava, sempre s'hi ha adreçat, és aquest el seu destí.

Quin és el meu? L'ànima teixeix en silenci el nostre tapís.

M'he sentit dir aquestes paraules com si espiés algú altre que tot just es desperta del son. Em ressonen a dins com si vinguessin de molt lluny. Reverberen. Trigo una estona a adonar-me que encara estic perduda al mig del bosc i que haig de retrobar el camí abans la fosca no m'engoleixi del tot. Amb el cap confós, m'aixeco i noto una sensació estranya a les botes. No és un somni, no, que tinc els peus ben xops!

12. Solitud

Camino sota un cel tan negre com si un corb gegant s'hagués empassat la terra. Feia temps que no veia una foscor tan completa, tan fonda. Una buidor plena: es basta sola. Camino a cegues. Els xiulets, en canvi, els del vent, les aus i les branques, són més lluminosos que mai. Em sento per primer cop petita, quasi insignificant, i això em produeix una mescla de por i meravella: els clàssics en deien temor reverencial. Només es pot sentir a la natura. Tal vegada la natura sigui Déu encarnat; això molts ho han pensat abans.

Els primers «científics» que es van fixar en les *eisblumen* o flors de gel que van enlluernar la trobairitz creien que era l'ànima de l'aigua la que creava les figures que el glaç o la neu estampen sobre les fulles i les roques, sobre els vidres, o a vista de microscopi. Al segle XVII, Robert Hooke, autor de *Micrographia*, afirmava sense embuts que aquestes meravelloses formes geomètriques eren un testimoni de la presència divina al món. El primer a fotografiar-les sistemàticament va ser un americà, Wilson Bentley, dos segles més tard: en va capturar més de 5.000. Va morir el 1931, colgat sota una tempesta de neu, a la seva granja de Vermont.

El destí, de vegades, s'escriu amb ironies i amb metàfores; les flors de gel estan teixides amb la filigrana fina que és l'alfabet del món. Provo de resseguir-ne el fil pensant en aquestes connexions invisibles, com la ceguesa i l'amor en el somni de la trobairitz. Sovint, en els somnis, la figura de l'amant apareix privada de visió, localitzada en una estació, port o aeroport, com una actualització del mite del barquer Caront conduint viatgers cap a l'altra banda del Leteu. Allà on s'esborra la memòria. L'amor i la mort són bessons indestriables: tots dos s'alimenten de la buidor.

La majoria de poemes d'amor no parlen de l'estimat o estimada, donen voltes a aquest buit. Eros es representa com a ajornament, desafiament, obstacle, fam o elevació al voltant d'una absència radiant. Eros com a carència. Al cor, si és un cor enamorat, si és un cor abandonat, s'hi bat aquest sentiment de doble fil, que tiba en direccions oposades: un Misteri. Un Misteri com un astre que de tant en tant s'inflama i després cau.

Una immensa estrella fugaç.

Aquesta llum que fa camí entre els núvols,
sou vós, midona?

Mentre els meus pensaments divagaven i els meus peus xops caminaven com en somnis, ha passat davant dels meus ulls incrèduls, ho puc jurar. I en la resplendor de la cua de l'astre que queia he vist la silueta del castell. Requesens. Això vol dir que he retrobat la ruta; el refugi deu ser ben a prop. El meu cor espurneja com una flor de gel.

Ah, que tranquil és l'aire!
Ah, que esplendent el món!

Engego a caminar com si hi hagués resposta i sentit. Com si hagués après a llegir el llenguatge amagat. Ja no m'és estrany el bosc, reconec els arbres, les pedres, els dolls. Veig el camí que havia perdut sense saber com, i que ara sembla una via il·luminada de la qual és impossible sortir. I no en surto. I la segueixo. I per fi, a tocar del castell, trobo el refugi del Pou de Glaç.

Hi entro com qui es llança a la pila baptismal.

El que a Banyuls m'havia semblat tristor i misèria, ara em sembla joia. Quatre parets. Un sostre. Un petit cabàs de llenya al costat de la llar. Prou per encendre un foc de supervivència. Per poder seguir vivint, ni més ni menys. Avui em caldrà tenir-lo encès tota la nit. Aconsegueixo que cremi, i estenc l'anorac a la vora de les flames. Demà farà olor de carbó i de pols vella. Deixo també les botes, descordades i obertes, a peu del foc, i els mitjons al seu costat. Fan pudor de bestioleta morta. Quan em poso els mitjons secs i gruixuts que trec de la motxilla... Ah! És això sentir Déu a dins?

Després de temperar-me un xic, encenc la meva petita bombona de gas i busco la mitja dotzena de sobres de sopa que porto rebregats al fons de la motxilla. No m'agrada el seu sabor, de desferra i d'oca seca. Però em farà bé. Bé a l'estómac, que és el bé de la fera primitiva que portem a dins. Mentre remeno, observo la flama blava de la petita bombona i escolto el so sibilant de l'espita. Em sembla que en ella hi ha algun esperit que m'acompanya. A fora, una òliba blanca —ara l'he vist, la seva ala com una ombra clara— ha vingut a vetllar-me des de la branca més baixa de l'alzina que toca al refugi. Mou el coll horitzontalment, com en una dansa àrab, i si no fos pel fred que encara m'argolla sortiria a parlar-li, i la convidaria a entrar i acompanyar-me a la vora d'aquest petit foc artificial, tan humà, a explicar-nos històries de trobadors i trobairitz. Potser ella se les sap de memòria; potser, fa molt de temps, els va veure amb els seus propis ulls.

La sopa de seguida està a punt. Una barrija-barreja d'aigua calenta i sodi aromatitzat. Escalfor per als intestins, penso. Quan la tasto la trobo bona i tot. Menjo de pressa. Ara mateix soc una petita fera dins el seu cau. Una fura. Un ermini com els que van fornir amb la seva pell la capa del senyor que cobreix la trobairitz. Malaguanyades. Sacrificades. I després lluïdes a causa d'una tristor. Glauques d'espant, pàl·lides de terror. Com jo avui al mig del bosc.

Les meves oïdes celebren el so metàl·lic de la cullera fonda que s'emplena de sopa. Fa clac-clac contra les parets del tupí d'acer inoxidable que porto tot el dia penjat de la motxilla. Quan camino, el sento topar contínuament contra el flanc tou: un cop somort, com una campana muda, que no gosa cridar a morts.

Com es criden els morts, si no hi senten? Com es parla amb els que no hi són? I amb els que hem fet fora? He perdut massa persones pel camí. He foragitat tots aquells que s'han acostat fins a tocar aquella part que més dol: el jo veritable, la ferida que cou.

Cullerada a cullerada, m'acabo la sopa, buido el petit tupí-campana. Cullerada a cullerada, mentre a fora, al voltant de la nit, s'ensenyoreix l'hivern. L'hivern del món que avui se m'empassa. L'hivern del món que jeu amb mi i m'acotxa i m'abraça. L'escolto respirar una bona estona. M'hi cargolo a dins, com una clau de sol.

No sé si Schubert va compondre el cicle del *Winterreise* amb aquesta sensació al cos, sentint que la fosca amb majúscula l'engolia. La música canvia de temperament de forma dràstica d'un *lieder* a l'altre: una peça dolça i melancòlica deixa pas a una d'arrauxada; a una plena d'esperança li'n segueix una que cau en l'abatiment. És la transposició directa de l'esperit romàntic, però també es deu segurament als alts i baixos de la malaltia. Les febres. Les millores o els empitjoraments sobtats. Els dies de calma.

El febrer de 1827 va arribar al final de la cançó que feia dotze, i va quedar extenuat. Al març, va rebre la notícia que va acabar d'enfonsar-lo: Beethoven havia deixat aquest món. Havia perdut una ànima afí a la seva. Una de les poques. Potser l'única. Setmanes més tard, Müller va publicar inesperadament una segona meitat del cicle de poemes, i Schubert s'hi va aferrar com si d'allò en depengués la seva supervivència; una petita esperança, una pròrroga almenys. Se sentia satisfet de les seves composicions anteriors. Però no del tot, si havia de ser sincer. L'obra no arribava als cims que s'imaginava, alguna cosa hi mancava. Allò que no es pot dir amb paraules. Li faltaven aquests dotze poemes nous per adonar-se de la veritable dimensió del viatge: «Senyor Déu meu, ara ho veig: aquest viatge és el Viatge. El Grandiós. L'Inefable. I jo em poso al seu servei».

Al servei de l'absència radiant: el compositor, la trobairitz.

Jo.

Estenc el meu sac sobre el formigó i m'hi fico a dins, el més a prop que puc del foc. La columna vertebral se'm glaça. Recito versos per resistir el fred. *Lieds. Cançós.* Destins. Demà, el camí me'ls cantarà a cau d'orella o me'ls deixarà escrits en petjades, flors de gel, fulles mortes, pedres cobertes de líquens tous formulats en arabescs del color verd incandescent dels cometes.

Demà, si em desperto amb prou forces i no em perdo després, caminaré vuit hores fins al proper refugi, que serà ja a les Salines, a l'altra banda. Vuit hores de camí, deu hores de nit, sis hores d'ofrena al buit que ho és tot. Vuit, deu, sis. Un pas darrere l'altre. Aquest és el ritme, aquest el patró. Com si el dia fos un cor i un pelegrinatge.

Em vencen la son i el cansament. Tanco els ulls. Sé que l'òliba blanca és a fora, però a dins meu només hi sento grallar el gran corb.

Tot, ànima i paisatge, es clou ara cap endins.

II.
LES SALINES

13. El correu

A l'alba, les trompetes:

A fora corna el postilló;
què és això que et fa saltar,
cor meu?
No du cap carta per a tu;
Què és això que et torba tant,
cor meu?

Mein hertz, mein hertz! Crida el tretzè *lieder* del *Winterreise*. I Schubert, al seu llit convalescent, el fa avançar amb el ritme d'un cavall al galop. El cor s'exalta, com si li arribés una bona nova inesperada, ja perduda, oblidada. Un batec de vida. Però aviat se'n desenganyarà: no pot ser de cap manera la mateixa vida que coneixia. No és aquest el Viatge, són inútils els simulacres, les aparences, els senyals que limiten els camins a les muntanyes. L'únic que compta a partir d'ara són les rutes que es cavalquen cap endins.

Mein hertz, mein hertz! Que no ho sents tu també? Aquestes cornetes són un despertar.

Són dos quarts de vuit del matí, a fora del refugi del Pou de Glaç la claror comença a penes a desfer la nit. Haig d'aprofitar la llum del dia des de les primeres hores si no vull patir com ahir. Tot i això, ja patiré prou: cada múscul i articulació del meu cos crida de dolor. Als peus s'hi comencen a fer llagues; tenen el color roent de l'obstinació. Quan surto del sac i abandono el llit de formigó, veig les estrelles, i aquest cop no són fugaces. Les sento a frec de pell; la pell és ara el mapa del que abans era dibuixat al cel, *eisblumen* que punxen i esclaten. En el deliri de qui només coneixia el món a escala, fet a la pròpia mida, he sobreestimat les meves forces. Els clàssics en deien *hybris*, un pecat de supèrbia molt propi del nostre jo inflat. No som déus omnipotents, cap de nosaltres. He viscut cega a aquesta veritat, abans que sentís el tic-tac de la meva bomba, abans que em comencés a nevar per dins. Potser em ve gran aquest viatge, potser hi arribo tard. És temptador pensar que tinc una sortida d'emergència a l'abast de la mà, que un missatge que no corre a cavall sinó sobre ones electromagnètiques té el poder de fer-ho. Un SOS, un rescat, desfer el camí i cap a casa. Trec el mòbil de la motxilla i premo el botó d'encesa. Encara té bateria. Immediatament sento el xiulet que diu que ha trobat xarxa. Per un moment, el cap dubta i el cor salta.

Mein hertz, mein hertz. Tu també ho sents, Alba? Afina bé l'oïda. Esclar que ho sents. Les cornetes venen a cuitar-te.

Cor meu, són eugues? Cor meu, són cavalls? Són llamps i trons, cor meu, que pugen pel camí de pedra i cants? És la muntanya que tremola? O és ella que ve a dansar amb mi? Res d'això, res d'això, cor meu, és un missatger de palau!

De lluny, la trobairitz en reconeix l'estendard. L'escut dels nou rocs violacis sobre fons d'or flameja entre les branques. La seva lluentor apareix i desapareix com una visió, com un fantasma. I si en comptes de senya fos vel? En comptes de pendó, penyora? Si fos a mi a qui busqués per donar-me un missatge de midona? Hi havia renunciat, però el cor —cor meu, cor meu!— es desboca. Ah, la imaginació, quina força, que sense ni tocar la carn sacseja el cos sencer com l'envestida armada de mil homes!

Però, on és el missatger? Els ulls encara no veuen el que el cor ja sent.

Poc us veig, abans sí, que era dolçor:
em dèieu que no havia de patir,
que tal volta es podria esdevenir
que el goig em retornés sobtadament.
Només de dir-ho el cor se sent content.

Vigila, Alba, la imaginació també pot ser enganyosa. Pot fer-te caure en el perill com si del llop en fos la gola. Pensa-t'ho millor: si la dama volgués dir-te alguna cosa no usaria per missatger un home del senyor. Faria servir una coloma. I al cel —fixa-t'hi!— només hi vola un corb.

Què faig? Digueu!
La gran tristor que en el meu cor s'abranda
em puny arreu.

Cor meu, cor meu. Potser, si el missatger hi convingués, podria fer-li arribar una carta, una missiva de prec, un últim prec, abans de creuar definitivament a l'altra banda. Diria així:

Bella, per Déu, deu-me la vostra ajuda,
car prou sabeu que és cosa convinguda.
Si jo he fallit per la tristor que he aguda,
que no em danyi; i si sabeu com muda
un cor d'amant, i amor heu coneguda,
ai, no em valdreu?

Bona dama, servir-vos m'encoratja
i lleial, un consell us donaré:
us dic que, esquiva, cometeu ultratge
si l'amiga que l'amor vostre encengué,
deixeu morir, i pena no us en ve.
Si mor, rea sereu d'aquest damnatge,
que amor a cap més dama no tingué,
ni la lliga cap altre poder o senyoratge.

Dama Na Almucs, si ho voleu,
jo us prego que feu favor
a qui us movia a rancor
i a ira, i la gracieu,
puix que mor, llanguint, plorant,
i és tota ella sofrença i plant.
Perdó us deman, humilment,

per ella, i us faig jurament
que si eximir-la us plagués,
poc us fallaria mai més.

No us fallaria mai més. Mai més no sortirien de la seva ploma *canços* d'amor cortès (ho jur, ho jur!). Mai més no li llegiria la devoció als ulls ni el desig a la punta dels dits. Es posaria guants. Se les tallaria! I la llengua! I els ulls... els ulls no, que l'últim que voldria seria no tornar-la a veure mai més. Els ulls no, midona, que són el camí cap al cor. I si em quedés un sol batec, al costat vostre el viuria. Sense molestar, en un racó, com una pedra muda i sorda, però plena de vida per vos, midona Maria, midona Beatriu, dama N'Almucs. Bell Cavaller. Mi senyora i ma senyoria. Pedra seria, i no us fallaria mai més.

Tot això pensa i crida en silenci la trobairitz. Però el missatger ja no se'l veu enlloc. Ni el pendó de les nou torres porpres. Ni la roba flamígera que li ha esvalotat el cor. No era a ella a qui buscava. No hi ha notícies de palau ni colomes a la lluerna del cel. Només el corb, insistent, que gralla.

Cor meu, cor meu. Cal despertar.

El so de la corneta s'ha mostrat enganyós com els focs fatus. Res de tangible perdura, com les flors de gel, que efímeres es desfan. Com l'amor que entra pels ulls i després desapareix torrent avall. El seu record, en canvi, es manté. El temps i els pensaments, que no es veuen, són més fiables que les flors, les *canços*, les colomes o la pell fina de les dames, que tan agradosa és de tocar, però que prest desapareix sota les robes i las capes, els llençols de lli, les portes tancades. Diuen que el cos es marceix, que la bellesa no dura. Tot el que pot tocar-se ens acaba traint. Cap a on anar, doncs, ara? Només cap als cims on les presències siguin invisibles i confiables com les ànimes.

La decisió està presa i, potser per infondre's coratge, escriu:

> *Tot s'aboca a Vós.*
> *Tots els camins que no prenc, a Vós es destinen.*
> *Camino per continuar conversant amb Vós.*

Alba, per primer cop, ha canviat el *vós* en minúscula pel *Vós* en majúscula. Una petita variació que enceta preguntes d'aquelles que no estan fetes per respondre's, les que s'han de viure quan arriba el moment.

Mein hertz, mein hertz.

Esmorzo una barreta de cereals i cafè negre. Al costat dels meus peus ferits i rebregats com paper d'estrassa, el mòbil fa pampallugues. El cap es vol salvar, però el cor s'hi rebel·la. I hi ha alguna cosa més, per sobre o per sota del raonament i del desig, que mana. Desconnecto el mòbil. Recullo l'equipatge i deixo el cabàs ple altre cop de branquillons secs. Molt a poc a poc, mesurant bé les forces i el dolor del cos, em poso en marxa.

Abandonar ara seria abandonar-me.

I renunciar a tot allò que les cornetes canten.

A pocs metres del refugi, ben bé al darrere del castell, m'hi trobo un prodigi: un bosc infinit de grèvols rabents, de troncs gruixuts com braços que s'estiren cap al cel, les branques plenes a vessar dels petits fruits vermells. Semblen arbres de Nadal guarnits, lluents; una ofrena pagana. Recullo amb reverència algunes boletes roges que han caigut per terra i les guardo a la mateixa butxaca on conservo les fulles recargolades de til·ler.

14. Cabells blancs

Amb la cautela de qui sap que pot caure vençuda en qualsevol moment, vaig deixant enrere l'entorn més civilitzat de les Alberes i a poc a poc faig camí cap a ponent, on no hi ha castells reconstruïts ni vistes llunyanes del mar amable. A mesura que camino cap a l'interior, el territori es deshabita i s'asselvatja. Roques i runes, l'essència del paisatge. Sant Pere del Pla de l'Arca —a on arribo a mig matí i ho celebro gairebé com un final d'etapa— va ser poblat, necròpolis i ermita en els temps en què Alba va passar per aquí, quan el territori que ara veig a l'altra banda ni tan sols es deia França. Sant Andreu de Soreda, la Roca de les Alberes, Sant Joan de l'Albera... La geografia és la que anomena; els sants, a qui s'ofereix. M'assec a reposar un moment al graó de la portalada de sant Pere. Després passejo els dits per l'exterior de l'absis d'espina de peix. Com si les pedres retinguessin restes de les ànimes i a la superfície porosa s'hi arrapés el temps. Com si hi quedés alguna cosa més que la matèria. O com si la matèria parlés. Al salt del Fitó, pocs quilòmetres més enllà, provo de sentir la presència d'Alba a l'aigua que cau a raig.

Per on pares?

Camí cap a Santa Maria, diu la trobairitz, que ha trobat una font gelada. Probablement es tracta de Santa Maria de Panissars. Dedueixo que ja ha creuat el pas del Pertús, que a mi ara em queda ben bé al davant, i torna a enfilar ja muntanya amunt, a l'altra banda. Pel camí es poden trobar diverses fonts (font del Vesc? Font de la Figuera?), tot i que és pràcticament impossible saber si ja existien a l'època des de la qual em parla, quan era hivern al món.

En algun punt del camí, tanmateix, hi ha una font gelada. Ha sortit el sol i la bassa rellueix com un mirall. Alba s'hi aboca. S'hi mira dues i tres vegades. No sap si s'hi veu bé: els cabells se li han tornat ben blancs.

Això l'ha fet feliç de cop. Aviat es desprendrà del cos, deu ser un pas més a prop de la mort! Ah, la mort és el lloc on el temps i el pensament s'aturen per sempre. La mort és la casa de tot el que és durador i veritable. El temps, el pensament, l'absència, el record, s'hi ajauen com l'os a la cova i somien en les petites vides de les persones. Aquest os, aquesta cova, sou Vós?

Els cabells blancs li plauen, sí. Li agradaria a la dama veure-la així? Li agradaria a ella veure així la dama?

—Us voldria veure dia i nit, midona, per dins i per fora, amb els ulls oberts i amb els ulls clucs. Amb la punta dels dits us veuria, senyora, si mai se'm buidessin les conques.

—Quant de temps podríeu veure'm així, Alba? Voldríeu veure com la meva pell es marceix? Com la carn s'afluixa? Com les dents es corquen i els ossos es bleguen?

—Sempre.

—Com el foc del desig minva i aquesta font en què us banyeu s'asseca?

—Sempre!

—I com l'alè un dia s'aquieta del tot i el cor ja no batega?

—Per sempre, us dic!

Una promesa. Una paraula: sempre. I la contrària: mai.

Mai més.

Es passa la punta dels dits pel front mentre s'emmiralla en l'aigua gelada. Tomba el rostre a banda i banda per veure bé la corona que l'engalana, l'orfebreria del temps. Fins que una brisa lleu li esvalota els cabells i una pols blanca, plugim d'estrelles mínimes, cau sobre el gel de la bassa. El cabell torna a ser negre com les ales del corb. No era blanc, sinó llençol de gebrada. Se l'espolsa enfurismada. Ja no hi ha cabellera clara, tan sols un rastre humit com el pas d'un cargol.

La retrobada amb i en la mort haurà d'esperar-se. Perquè, en aquest punt del camí, Alba ja sap que serà només llavors quan torni a abraçar la dama. I ja no els caldrà la capa de pells del senyor per amagar-se. Quina pressa per arribar-hi! Quina pèrdua de temps la joventut! Com li agradaven els cabells blancs que per un moment semblaven escurçar-li el camí.

El gebre amb un polsim de blanc
el cap m'enfarinava;
m'he afigurat que era ja vell
i jo n'he estat alegre.

Però aviat s'ha fos el tel
i el cap torna a ser negre.
Ah, quin enuig, la joventut,
que lluny que veig la tomba!
Entre el capvespre i el matí,
prou més d'un cap blanqueja.
I el meu, miracle!, no ho ha fet
en tot aquest viatge.

Der greise Kopf és un dels *lieder* més melancòlics de tot el *Winterreise*. El caminant solitari, igual que la trobairitz, deleja el seu final, l'anticipa i el vol amb la dolça nostàlgia dels que ja estan morts. I al mateix temps, en uns breus compassos que sobresurten del to general de la peça com qui per un segon alça el puny, s'enutja perquè els cabells no se li han tornat blancs de cop. No seria res d'estrany, a altres els ha passat, és un efecte que es coneix de lluny. El *Dictionnaire des sciences médicales*, publicat en vida de Schubert, explicava que «els paroxismes de fúria, les notícies inesperades o desafortunades, el mal de cap habitual, la sobreindulgència en l'apetit sexual i l'ansietat eren causes reconegudes de l'emblanquiment prematur del cabell». El fenomen no entén de gènere ni de classes socials. Pocs anys més tard, en les memòries de la vida privada de Maria Antonieta, Madame Campan relatava un episodi viscut amb qui fou reina de França. El primer cop que va veure Sa Majestat, després de la fugida de la cort de París a Varennes, la va trobar sortint del llit. Les seves faccions no es veien gaire alterades, però després d'un primer intercanvi de paraules amables, la reina es va treure el capell de nit i va voler mostrar-li l'efecte que la pena havia produït sobre el seu cabell. Havia esdevingut, en una sola nit, «blanc com el d'una anciana de setanta»... Sa Majestat li va mostrar un anell que acabava de fer muntar per a la princesa de Lamballe; contenia un floc del seu nou cabell blanc, amb la inscripció: «emblanquit per la tristor».

Podria produir-se una cosa semblant a causa d'una aparició, revelació o epifania? Va passar-li potser a Schubert, mentre componia aquesta cançó? Podria passar-me a mi? A la motxilla no hi porto cap mirall, però no en cal cap per mirar-se ben endins. En faria prou amb l'aigua d'una bassa pissarrosa, un toll negre, el fons d'un pou profund. Veure's *per obscura lente*, com deien els llatins. Com en un mirall asteca d'obsidiana, un mirall que no reflecteix res i on no ens podem veure el rostre, només la seva ombra. Un mirall no per veure-hi, sinó per perdre-s'hi. No un lloc a on trobar-se, sinó on desaparèixer del tot. Cap endins. Obscurament. Per trobar la llum.

Segons les llegendes, quan fem un prec o sortilegi davant un mirall, hi apareix el rostre de la persona estimada o, de vegades, el nostre, en el futur, quan serem ja molt vells, amb els cabells blancs, colgats de neu, de tristors o esglais, com en el catorzè *lied* del *Winterreise.*

M'assec sobre una roca, l'última de l'extrem occidental de les Alberes. Trec la navalla de la motxilla i m'emmirallo a la seva fulla metàl·lica. Els cabells que em coronen són, sí, del color dels fantasmes; ja no soc la que col·leccionava vanament idil·lis i batalles. Me'n tallo un ble. En faig ofrena llençant-los al vent. A canvi de les fulles recargolades de til·ler i els fruits rojos del grèvol.

Sense saber a qui, dic «gràcies» i dic «té».

Una part de mi ja és part de l'aire.

Bec aigua. Em poso de peu. Haig de continuar el viatge. Emprenc el camí de la muntanya forta, passo a l'altra banda, a les Salines ermitanes.

La sal és, segons la dita, matèria dilecta dels déus.

I també és blanca.

15. El corb

He travessat el Pertús com una llebre albina enlluernada pels focus dels caçadors. El cor no se m'ha asserenat fins que no he tornat a trepitjar muntanya, deixant enrere el fort de Bellaguarda, el coll de Panissars i les ruïnes romanes que proclamen que una vegada, fa més de dos mil anys, Gneu Pompeu Magne hi va guanyar una batalla i va reclamar el seu trofeu. Les abandono sense pena, aquesta guerra no em commou; ja només busco el trofeu de les coves i dels arbres. Dels cims. Pels camins que remunten des de la Vajol, segueixo la ruta de l'exili. El coll del Lli. El coll de la Manrella. Les portes al més enllà. Veig sabates sense peus.

Veig abriguets de roba vella i tendra i aspra. Els objectes que van deixar enrere els republicans fugint cap a l'altra banda. Sempre és tot a l'altra banda. Per aquí van passar presidents, soldats, milicians, mares amb nadons, avis i àvies que no els sostenien les cames. Els sostenia l'alè. Sovint són les coses invisibles les que ens sostenen i ens fan fer camí. L'anhel. La por. L'altra banda.

Al llarg hivern de fa vuitanta anys, també ells emprengueren el viatge. Els objectes que veig han desaparegut. No els veig pas amb els ulls. Què en queda, doncs, del que desapareix? Les coses abandonades —estacions de tren, cotxeres, caravanes— adquireixen la solemnitat de les ruïnes, una gravetat que les aferra a terra i a la memòria, a la dignitat de la seva pròpia tristesa, com una capa mortuòria que en cobrir-les les converteix en estàtues heroiques. Camions estimbats, ases morts i esbudellats, maletes, nines de drap. Tot allò que ja no hi és, on ha anat?

Des dels temps dels temps fins ara. Heretges, soldats cristians, trobairitz desterrades, refugiats. Tots aquells que fugen. Tots aquells que se la juguen: exiliats, contrabandistes, trabucaires. Amants. Com és possible? L'un rere l'altre, petjada sobre petjada, com ànimes que s'encalcen.

On pares, tu?

On ets, Alba, que com una ombra sotjo aèria el teu rastre?

A la trobairitz el serrell blanc de gebre se li ha tornat ala fosca que esvalota l'aire sobre el seu cap. Pot sentir-la des que va sortir de palau. Encara que no la vegi, la sent i l'anomena.

—Sou Vós qui en forma de gralla em sobrevola i deleja el meu cos?

L'au dibuixa esferes perfectes al voltant de l'eix vertical que és la trobairitz —crani, espina, medulla, fèmurs llargs i prims—. Així la veu, zenital: una estaca fosca que camina sobre un mantell blanc.

—Vostra soc, no peneu, poc us faré esperar, si em sou fidel com no ho heu estat fins ara, de grat quedaré estesa sobre la neu perquè el vostre bec es nodreixi de la meva carn.

Un tou de neu, uns metres més enllà, li fa venir ganes de convertir la idea en acte. Hi corre. Es llança, amb els braços i les cames esteses, sobre la neu.

—Veniu, soc aquí! Vostra soc, la vostra presa! Veniu, preneu-me!

Si la seva carn fos aliment per al corb, seria com convertir-se en menjar per al Cel. Ah, si se l'empassés amb tanta dolcesa com... (Recordeu, senyora, com es bastaven les llengües, a penes tocant-se, per fer-nos tremolar? Com el frec d'una ploma sobre la pell ardent. Era estiu, recordeu?)

Una vegada va ser estiu la nit sencera.

Però el corb no s'hi atansa, només l'observa de lluny. Tot el bosc calla. Ella escolta per si l'au té res a dir; una vella que passava per bruixa va dir-li que es poden interpretar com auguris, els crits de la gralla. Silenci. Dolça immobilitat del cos i de l'ànima. Deu ser així, morir? A prop del tou de neu on Alba jeu, alguna cosa es mou. Per la cua de l'ull, copsa dues petites ombres que dansen. Dues perdius caminen cap al seu cau, al marge del camí. Simètriques, coreogràfiques

—o són tórtores?

—o colomes blanques?

No pot suportar la visió. Tanca els ulls de cop. Arraulida dins les seves conques, queda inerme, rendida, tova. Amb els ulls encara clucs, obre la boca.

Ja no sé si sou Vós qui espero
o tan sols la vostra imatge
que em caigui a dins, madura,
i em nodreixi l'ànima,
i m'endolceixi el moll de l'os.

(Si jo fos nodriment de Vós i Vós de mi, senyora, com ho eren els fruits de les vinyes i els seus regalims.) L'estómac buit la cuita que mudi prest de pensaments. La gana l'empaita. I el tremolor que comença a sentir a braços i cames també. Si no s'aixeca de pressa, les pells del senyor quedaran ben xopes i, a sota, les túniques i les mitges de llana i després la seva pell i finalment l'ànima. I després de l'ànima, no res. I si en no-res es transformés, continuaria estimant la dama? És ple d'amors invisibles, l'aire?

—Graaac!

Oh, l'aire és ben ple d'auguris i obscurs pressentiments!

Gralla, gralla, estrany ocell,
no voldràs deixar-me?

S'aixeca. Ha de continuar fent camí. Sigui quin sigui el seu destí, s'hi entrega.

Bah, el bastó de caminant
no em durà ja gaire.
Gralla, sigue'm almenys tu
fidel fins la tomba.

Morir deu ser com sentir a sobre l'ombra del corb mentre ens anem fent invisibles sobre la neu.

Aguanto uns segons la respiració. Ho he provat moltes vegades: imaginar-m'ho. D'altres ho he pressentit sense voler. Però és impossible representar-se un mateix fora del temps, fora del cos, sense forma ni ubicació definides. Si és que el temps i les formes han existit mai tal com ara els entenem.

No sempre ha estat així. En els temps del Gran Corb, en el somni primitiu de la humanitat, tot passava a l'interior d'un únic flux de formes, des de les aranyes als morts. Era el regne de la metamorfosi. Allò visible i allò invisible es transformaven contínuament. Quan una gran part del que existia es va retirar cap al regne invisible, no per això va deixar d'esdevenir. Però es va tornar més fàcil pensar que no hi era.

En la simbologia cristiana, el corb és l'al·legoria de la soledat. Representa l'aïllament dels que viuen en un altre pla, material o no, en aquest món o en un altre, el que veiem i el que no sabem veure. L'invisible és ple de presències. No hi ha res més animat que l'absència radiant.

Què es fa, doncs, amb els que caminen cap a l'altra banda? Cal facilitar-los el passatge, acompanyar-los durant una part del viatge, com es feia primitivament: tocant el tambor, fet de l'escorça de l'arbre i la pell de l'animal. Un llenguatge no humà.

És això mateix el que estic fent: un ritual de traspàs.

Tam-tam. Gran Corb. *Tam-tam.*

Aquesta nit, si arribo al refugi de les Salines, tocaré el tambor. Per recordar tots els desapareguts i desaparèixer jo, en l'hivern del món.

16. Última esperança

A mesura que el camí guanya alçada, les alzines s'esbandeixen esporuguides pels roures, més foscos i solemnes, i pels seus companys de morada: l'auró negre, el freixe, el cirerer silvestre. Les mateixes alzines que a les Alberes es feien pessigolles amb les branques arrissades, aquí habiten la muntanya a deu braços de distància l'una de l'altra. Ja no s'hi troben contentes i arreplegades com comares al safareig, sinó com germanes que surten a pregar en silenci al claustre, amb el cap cot i sense gosar trepitjar l'ombra de la que les precedeix. Les fulles fa temps que descansen als seus peus. En arribar la tardor, el tronc va deixar d'enviar-los nutrients. Desnodrides, van morir. L'arbre les va deixar anar de la mà, va abandonar-les. Se n'havia de desprendre per poder resistir l'hivern, decidit a conservar-se ell mateix. A salvar-se. Però.

Per algun motiu, sempre n'hi ha alguna que queda. O que cau més tard que les altres. Sempre n'hi ha una que cau l'última. I hi ha la que cau primera. Ningú no sap del cert per què.

Hi ha, esclar, explicacions fisiològiques. La forma de la branca que sosté la fulla, més o menys accessible a la saba, més estreta o més ampla, més llisa o més recargolada. Hi ha també una qüestió metabòlica, química: la capacitat de transformar el nitrogen i la llum en substància. I la capacitat d'absorbir-les, d'aprofitar-les al màxim. És una operació complicada, qualsevol desviació en pot donar un resultat radicalment diferent: caure o no caure de l'arbre.

És la mateixa diferència que hi ha entre les cèl·lules que es divideixen regularment o les que es multipliquen sense control. Al pit, per exemple: l'òrgan del nodriment i de l'amor.

Diuen els metges que tot està escrit en la nostra seqüència genètica, un codi fet de números i de lletres. I que, si a la casella *x* hi tenim el signe equivocat, hi ha un alt percentatge de probabilitats que les cèl·lules del nostre cos ens declarin la guerra fins a canibalitzar-nos. Estadística pura.

També pot passar, però, que a la branca més alta de l'arbre més generós hi resti la fulla més ufana, i a un ocell també ufà i generós, però mort de gana, li vingui de gust picotejar-la. O una pedregada. O un cop de vent fort. Adeu a la teoria genètica; l'atzar (o el destí) han fet la seva entrada. I llavors l'estadística no hi té res a dir: la fulla que cau ha caigut el 100% de les vegades.

Quina és, doncs, aquesta llei que condemna o salva?

Hi ha preguntes que no estan fetes per ser respostes. La mort només pot ser viscuda, Alba, mai no pot ser contada, que no ho veus en les fulles dels arbres? Que no ho sents en les notes del *Winterreise*?

> *Fixo els ulls en una fulla,*
> *l'esperança damunt seu;*
> *si el vent ve a jugar amb la fulla,*
> *tota jo em poso a tremolar.*
> *Si la fulla cau a terra,*
> *l'esperança cau també;*
> *jo mateixa ja caic a terra,*
> *a plorar la doble mort.*

La trobairitz sent d'una manera que no sap explicar que el destí d'aquelles fulles i el seu estan estretament lligats. Però no pas de totes, n'hi ha d'haver una, una de sola entre totes elles... Amb reverència, s'hi atansa. Quina deu ser la que per estranyes correspondències contingui part de la seva ànima? I per què aquella i no la de més enllà? Com pot ser que un Déu bondadós decideixi no salvar-les totes? Que no hauria d'estimar-se-les de la mateixa manera? A la branca més alta, les fulles tremolen fort. Alba s'esglaia. Una esgarrifança tan poderosa com ho degué ser el primer plor o deu ser-ho el darrer (o aquell crit vostre, midona, quan semblava que us enfonséssiu en una dolça mort, mentre als meus cabells us aferràveu, per no deixar-vos caure del tot).

Fixa els ulls en aquella fulla més tendra. Si tu caiguessis, fulleta meva, si el tronc del roure ja no et volgués i deixés anar la maneta teva, sota els peus se m'esberlaria el món. Que qui ja no ens nodreix ni ens sosté quan se'ns pot endur l'aire és que ja no ens vetlla ni ens vol. Tan lleuger va ser l'amor? La recorda o l'ha oblidat, la dama? Sí-no, sí-no, sí-no. Ah, a la primavera desfullaven flors!

La fulla s'aferra tossudament a la branca. La trobairitz entrega la seva última esperança a aquella fulla que tremola al cim de tot de l'arbre. Hi té lligat el cor.

Mentre el vostre pensament em servi, viuré.
Encara que el cor no bategui
ni els pulmons batin ses ales,
si el vostre pensament m'atia, viuré.

En Vos, midona, com els ocells en l'aire!

De l'altra banda de les muntanyes n'arriba un brogit. De l'Occident de l'Occitània, on no ha posat mai els peus ni la mirada, però sí la fe, s'acosta el seu botxí. És invisible, però brama. No té cos, però tot ho pot i tot ho ajaça o ho alça segons el seu desig. No té nom —no, almenys, un de sol, sinó que respon a tot de mots diversos a cada racó de món—, però la gent l'invoca i el tem. Ella no l'ha invocat, però el vent arriba igual, sense pietat ni recança. Sacseja els arbres i cau sobre la fulla com l'espasa del senyor. Li talla el cap en sec. La separa per sempre de la branca.

Alba sent una punxada que li travessa el pit. Cau de genolls sobre la neu glaçada. Ajunta les mans com si pregués. El cap li penja com el dels condemnats a la forca, quan el nus ja els ha tibat i la corda els gronxa.

Déu ha parlat: la dama ja no la recorda.

El bosc ha emmudit. La fulla ha caigut al seu davant, demanant-li un últim acte. Un acte d'amor. Amb la punta dels dits, l'agafa. Se l'acosta als llavis. No la besa; obre bé la boca, la mastega i se l'empassa. El seu cos en el seu. Amén.

Ara sí, per sempre. Vós i jo, midona. Va fer una promesa de fidelitat, el jurament de vassallatge. Ni la mort no li'n farà renunciar. És un deure. És un goig. Servir-la fins al final, sense que a la dama li importi ni ho sàpiga.

Resto desitjant
servir-vos de tot cor, orbat d'ultratge,
que així m'enardiria de pregar.
Amb actes us faré el meu homenatge.
En lloc dels precs, els ulls sabran honrar.
Un fet d'honor val més que cap parlar.

Silenci, doncs. Cap paraula. Només caminar, sense dir res, cap a ponent, on mor el sol, com un músic que agonitza, nota a nota, a poc a poc.

Com la fulla que es desprèn de l'arbre i es delecta en l'últim vol.

17. Al poble

Fins ara, a banda d'algun ruixat, el clima ha estat força clement, però aquesta tarda el vent s'ha tornat d'una fredor tallant, que em glaça la cara, l'única part del meu cos exposada a la intempèrie. Per la resta, tota jo vaig embolicada.

No m'he trobat a penes cap altre caminant, avui. A l'Albera eren escassos, però aquí encara més. A migdia, un grupet de cinc que s'havien aturat a fer un entrepà a les ruïnes del castell de Cabrera m'han dit que venien del poble de la Vajol i tot seguit se n'hi tornaven. Semblaven tranquils i contents. Com si fos un dia de festa. Ja no recordava quin dia és avui. Després he seguit muntanya amunt, passant el coll de la Biga i el coll de les Cordes. Més amunt encara, fa tot just una estona, m'he creuat amb una parella que baixava, home i dona, amb posat contrariat. Després, ningú més. Només el fred. I la pujada. I la fatiga al cos.

Tinc temptacions d'aturar-me. Miro al voltant per si hi ha algun cau o alguna roca a on pugui entaforar el sac i arrecerar-me. Les restes d'alguna cabana de carboner serien la glòria. Però no veig res que pugui protegir-me d'aquest vent punyent. Haig de continuar caminant; si m'aturo no suportaré el fred, una nit al ras és impensable. He fet més de sis hores de camí, avui, ja no pot faltar gaire. Em motivo pensant que Alba també va passar per aquí, fa quasi mil anys, que potser encara hi passa, invisible als meus ulls.

El camí de la trobairitz ha vagarejat solitari per cims i carenes, boscos i corriols, pics, colls, valls. Ara, el seu camí es pobla i s'eixampla. Per aquí hi passen els ramats cap al Vallespir. Una mica més enllà, s'hi forma una petita vila. I més enllà encara, s'alça el castell de Cabrera, encara sencer, ja en un nou cim. Això vol dir que ha deixat enrere el comtat d'Empúries i el vescomtat de Peralada; és en terres del comte de Besalú. La forastera se sent més forastera encara. Però ara la paraula li escau com una bandera i brandar-la li ve de gust: a fora, a la *foresta*, sola.

La remor de la vila no li plau, però la fam l'empeny. Fa temps que el sarró és ben buit. Haurà de fer servir alguna moneda de les que la dama li va posar a dins. Les compta amb les puntes dels dits. Pensa que ella, aquell dia llunyà, també degué tocar-les. I decidir quantes n'hi deixava caure. Una. Dos. Tres. Trenta petites monedes de plata.

—Pa d'ordi, mel de rusc, civada fresca!

—Ous d'oca!

—Llard de porc!

Ah, quina bella *canço* és aquesta! Més que cap cant d'amor, pensa ara Alba. La vila la crida i l'estómac li mana. Ella obeeix: hi baixa.

A la petita vila hi fan mercat. Se li fa estrany veure persones en comptes d'arbres, cases en comptes de coves, carrerons en comptes de rierols. Les persones, que tenen dos braços i dues cames, i mans i peus, i un cap i tot, que en són d'estranyes! Tenen un cos fet d'ossos i de carn, un cos de veritat, que es pot tocar, que pesa i que ocupa un lloc, un espai. Que n'és d'estrany tot això. Ella ja es creu només esperit.

El mercat fa olor de fems i palla molla. Lligada amb una corda a una post, hi ha una cabra amb les mamelles inflades com botes. Al costat, un escambell i una galleda, i un home que per uns pocs cèntims la muny. Alba, amb un gest, li'n demana un caçó. L'home se la mira amb suspicàcia, però ella fa dringar les monedes i els ulls d'ell ja queden fixats a la galleda, els dits a aquella part de l'animal que deixa anar un suc tebi i clar que bombolleja. La saba de la cabra, que, mentre raja, bela.

L'home li atansa el caçó, que ella pren amb mans deleroses. Tem que se'n perdi una sola gota. Tant la vol. A dins seu. Se l'acosta als llavis, la flaire la mareja, tanca els ulls, decanta el caçó, i la llet vessa, gola avall, escalfant-li els pulmons, escalfant-li el cor, refent l'estómac encongit, esponjant tot allò que no sap ni que té a dins, i més avall, allà on un dia, vos i jo, midona. Se l'empassa d'un sol cop.

—Veníeu ben assedegada, mestressa.

Ella fa que sí amb el cap. Deixa caure una moneda. Sense dir res, se'n va. L'home, abans de recollir la paga de terra, se senya el front, per si de cas. Aparegudes. Dones d'aigua. O bruixes. De tot diuen que hi ha per aquestes valls i aquestes muntanyes.

A la plaça ja rumoregen. Una dona amb pell blavosa de gel i cos cobert de martes es passeja pels seus carrers. Una dona muda, que deixa anar monedes, però no paraules. Un fet d'honor val molt més que cap parlar: el vot de silenci d'Alba. Així, amb gestos i monedes de plata, va omplint el sarró: fetge cuit, botifarra dolça, rosquilles d'anís, pa negre. Provisions per tornar a pujar als cims. Tan bon punt el sarró és ple, deixa la vila enrere.

Al seu pas, una remor d'esquellerincs: l'ha seguit la mainada. Ella no es tomba, ells aviat es cansen. Es fa el silenci. Ja torna a ser al camí. A l'horitzó, el castell de Cabrera. I més enllà, les muntanyes més altes. El cim. La fi.

El que no es veu.
El que no se sent.
Això us serà donat.

La ceguesa del ulls, per veure-hi més clar.
La buidor de les oïdes, per sentir-hi més fi.
La mudesa ferma dels llavis, per millor dir.

El cos, ple de Vós, com una àmfora.

—Qui va?!

S'alça una veu forta i un so metàl·lic, que no és d'esquellerinc, sinó d'espasa. Un guarda del castell li barra el pas.

—No dieu res?

Un vot. Un fet. Millor que mil paraules.

—Sou muda o sou bruixa potser?

Ella fa que no amb el cap.

—Què hi porteu aquí?

El sarró és ben ple.

—Bones viandes...

En treu un pastisset dolç. Li fa una queixalada.

—Si no dieu res, aquest és per a mi.

Ella calla. Ell li descobreix el rostre amb la punta de la llança.

—Sou forastera. On aneu? D'on veniu?

Alba assenyala els cims nevats de les muntanyes.

—Tota sola?— ell li diu i s'hi acosta.

Ara amb la llança li obre la capa.

—Veniu d'un bordell fi, vós. Les robes són bones...

Amb l'altra mà li grapeja un pit.

—I el que hi ha a sota també.

La trobairitz prova d'escapolir-se, però el guarda l'ha agafada d'un braç i l'estreny fort. Ella es retorça. Ell riu. La boca, amb quatre o cinc dents. Soldat vell i podrit, de mala raça.

—Parleu i us deixaré anar.

Mai. Mai més. Vós i jo, midona.

—Puta reconsagrada...

Deixa anar la llança. Necessita les dues mans per aixecar-li la roba fins més a munt de les cuixes i fer-hi entrar una urpa aspra. Ella deixa anar un crit.

—Teniu veu, doncs! —li enfonsa la mà entre les cuixes—. Crideu més, que la vull sentir!

Alba es deixa caure a terra. A un pam de la seva mà dreta, l'espasa. Midona Beatriu, Bell Cavaller. Deixa anar el sarró. Empunya l'arma. L'alça ben bé fins a la gargamella del guarda, que recula. Ella es posa de peu, vol fugir corrents, brandant l'espasa, però l'home se'n riu.

—Au va, que encara prendríeu mal amb aquesta arma, no és cosa de femelles això!

Un tall sec. Al mig del coll. Que raja.

I fugir, ara sí.

Lladreu-me fort, gossos zelosos,
no em deu repòs!
Cent vegades més ferotge soc jo que vosaltres,
de ningú mai més amiga ni serva,
ni fidel ni esclava,
sinó de l'absència pura de la meva Dama.

Fugir corrents com mai, volant, mentre els gossos del castell lladren quan hi passa pel costat, lliure i esperitada. Sense témer senyors, soldats ni espases, fins al cim de les Salines, on no hi viu res ni ningú.

Una completa solitud.

Hi arribo sense forces. Quan veig l'ampla façana de pedra del santuari sento l'emoció dels peregrins: aquestes pedres són la idea de salvació materialitzada. M'hi afanyo: a la portalada, a la rectoria, a la fonda. Tot tancat i barrat. Cap llum encès. Cap espelma. El cel ja espès. La civilització, al fons dels fons de la plana, molt lluny. Gairebé inexistent, com un record que es perd per sempre.

Una completa solitud.

M'allunyo de l'edifici principal. Cinquanta metres més enllà hi ha el refugi. Faig girar el mànec. Empenyo la porta. I s'obre.

A dins, entaforada en una urna de la paret, hi veig una vella llauna de galetes que guarda quatre ciris flacs i una capsa de llumins. A terra, en un racó ennegrit pel fum, un tronc gros i pesat com un dol. Impossible de cremar amb aquestes eines. Descarrego la motxilla i m'obligo a tornar a sortir per recollir quatre branquillons abans no es faci fosc del tot. Cada cop que m'ajupo sento una fuetada als genolls i a l'esquena. Cada articulació del meu cos s'ha convertit en una soga aspra, una frontissa rovellada. En tornar, falco la porta per dins i m'afanyo a encendre una petita foguera, ben bé sota el tronc gruixut. Em trec les botes i els mitjons. Els peus són tot ells una nafra: pell oberta sobre carn gelada. Encenc el fogó de gas i escalfo aigua al tupí. Quan és prou calenta, hi fico les puntes dels dits a dins. Cada cop més endins. Com necessitava enfonsar mans i peus en l'aigua, com si fos en un ventre! Ara ja me'ls torno a sentir. Després de les mans i els peus, comença a reviure la resta, del més extern al més intern, fins arribar al moll de l'os.

Refugi de les Salines.

Hora: 18.30. Negra nit.

Distància recorreguda avui: 30 km, aproximadament.

Estat dels peus: nafrats.

De les cames i l'esquena: trinxades.

Estat d'ànim: desolat.

Estic ben sola al cim de les Salines, al bell mig del meu viatge d'hivern.

És nit de Nadal.

El sopar serà per a una sola, però almenys serà calent. Aboco al tupí el contingut d'una llauna de mongetes i perdiu mentre rosego un tall de formatge amb pa dur per entretenir la gana ferotge. M'escalfo per dins amb el vi que reservava entre les provisions. Les primeres cullerades de *cassoulet* em fan pujar llàgrimes als ulls. Quan me l'acabo, llepo el tupí. Després m'ajec mirant al sostre, però no veig res de res; els ulls no volen fixar-se, com tampoc els pensaments.

No podré agafar el son, aquesta nit. El meu cos està massa abatut i inquiet. Necessita que l'ajudi a passar el llindar entre un món i l'altre, que unti les frontisses rovellades, que li faciliti el passatge.

Un ritual.

Tam-tam.

La vella llauna de galetes, recipient blau de llumins i de ciris trencats, farà el fet. La buido i la tombo cap per avall. Començo amb un toc poruc, un cop lleu amb les puntes dels dits. *Clac.* Repeteixo el cop tres o quatre vegades. Després ho faig amb tot el palmell. Agut i greu. Ràpid i lent. Els meus cops van prenent un ritme regular, seguint una pauta: la percussió invisible que mou les onades del mar, els batecs del cor i les fulles dels arbres. *Tam-tam. Tam-tam. Tam-tam.* M'hi deixo gronxar, embriagada.

Sento passar els minuts com alguna cosa terrible que s'acosta, imparable. Recordo aquella hora, quan el meu cos encara era sencer i calent, com aquest tronc sobre la brasa. I després, quan vaig obrir els ulls al llit de l'hospital, no hi havia ningú per vetllar-me. Vaig allargar la mà i només vaig atrapar aire. Sentint la buidor al pit. La buidor que duc a dins.

Em trec el polar, el jersei de coll alt i la samarreta tèrmica. Retiro les benes. Em quedo despullada de cintura cap amunt. Les cicatrius són encreuaments de camins, llindars personals. Al cos hi duc dibuixat el mapa de qui he estat. Hi poso la mà a sobre, estesos els cinc dits. I me n'acomiado del tot d'una vegada.

Es pot viure sense pit, però no es pot viure sense ànima.

A les Salines, l'hivern és absolut.

A fora del refugi, una tempesta blanca colga el món.

18. Matí de tempesta

Al matí, quan obro la porta del refugi, no veig ni cel ni terra, només neu sense final. El món estès, ulls clucs, sota un llençol.

Al Llenguadoc anomenen els flocs de neu «papallones blanques».

A l'Índia, el blanc és el color del dol.

A l'edat mitjana era un color maleït, el color de la lepra, la pesta blanca, precedida pel so d'una campaneta nerviosa, espantada.

Però, per sobre de tot, el blanc no és un sol color, ni un no-color, sinó la suma de tots els altres. El blanc és el color que abraça més vida i més mort. Un llençol.

Alba hi està ben embolicada.

Mentre fuig muntanya amunt, un eixam blanc creix del no-res i l'encalça. L'encega amb el seu vel, cobrint-li els ulls. Gelat i ardent. El vel. El cel. El delit que empeny la trobairitz cap al cim. Al paisatge que l'envolta ja no hi resta res de viu. El món ha desaparegut. El record. La memòria. De qui era abans, de qui és ara.

—Qui soc? Soc ca, soc ca! Ca salvatge. Gos rabiós.

Amunt, fins al coll, fins al pic. I més amunt encara. Vol arribar als estels, com Siri, el gos constel·lat. Allò que no pot salvar-se en vida, després de la mort es converteix en astre. El gos que ja no corre, ara correrà per sempre més. El cel és un llibre de *canços* congelades. I Alba hi vol ser. Embogida! Embogida per aquest eixam gelat i salvatge! Ja no hi ha cos. Ni nom. Ni edat. Ni raó. Només el seu cor que batega al bell mig de la tempesta de neu.

Der stürmische Morgen, el *lieder* que Schubert compon, no dura ni un minut: és una manifestació enfebrada del poder furiós del Cel.

Hivern, no hi ha res més
que hivern salvatge i fred!

Com el caminant solitari, Alba correrà esperitada fins que no quedi ni una gota de claror en aquest cel foll que ara tant li escau, correrà fins que arribi la nit.

La nit en què el batec s'atura
i la imatge de Vós es fon,
una tempesta blanca ho colga tot:
la perdiu nival,
la daina albina,
la llebre glauca,
les ofrenes i l'infant diví.

Viatge d'hivern:
principi i fi.

Observo la tempesta pel petit finestró del refugi. A les Salines no ha deixat de nevar fort durant tot el dia. No he vist passar ningú, no he sentit cap soroll. Estic incomunicada aquí a dalt. El mòbil ja no fa cap senyal. Miro amb què compto. Tinc encara una bona provisió de fruita seca. Barretes de proteïnes. Alguns sobres de sopa. De vi no en queda, però d'aigua, a fora, n'hi ha tanta com en vulgui. Quants dies podré resistir? Quants dies així, esperant, sense fer res? Esperant que allò que he buidat es torni a omplir lentament, des del fons, com un pou d'aigües subterrànies.

A estones em fa la impressió que tot ha començat aquí, en aquest refugi, com si el que hagués viscut abans fos un miratge, i el meu viatge per aquest hivern es degués a una al·lucinació. A mesura que passen les hores, va adquirint la fantasmagoria dels somnis. La tempesta de neu és una nebulosa, però només del desconcert viu en pot néixer un cometa que il·lumini la nit. Cal esperar.

Em dedico a netejar el refugi com si fos la meva cel·la. Llit de partera o d'agonitzant: el lloc de l'espera. Si tingués un pot de pintura, el deixaria ben blanc.

Fantasma, somni, miratge. Paisatge nevat.

Papallona i crisàlide. Nadó i finat.

Font i pou.

Tam-tam.

Avui és Nadal.

19. Miratge

Fa dos dies que la tempesta de neu no s'atura. No em puc arriscar a tornar ni a continuar fent camí, però una estona que afluixa una mica em decideixo a sortir pels voltants del refugi, resseguint els límits del santuari, a veure si hi trobo algú. Però només hi veig:

La cova de la Verge.

La font dels tres raigs.

Mosques blanques, papallones als ulls.

La cova és una petita gruta on s'amaga una estatueta d'alabastre vestida amb túnica blanca i mantell blau. Als seus peus hi ha restes de flors seques i espelmes cremades. Qui les degué encendre? Qui les degué dur, a la mà, un dia, ben fresques? Què devia resar? És un misteri per què aboquem la nostra fe en el contenidor material d'una imatge, com qui omple d'aigua un càntir o de vi una àmfora. Necessitem simulacres de la imatge original, la que només es revela al principi i al final.

Diuen que la cova sagrada de les Salines la va descobrir fa tres segles un animal salvatge, un brau, que en entrar-hi va esdevenir *manso* com un infant i es va agenollar als peus d'una donzella que hi era amagada. Una verge. És una llegenda que es repeteix sovint en indrets semblants. Prové segurament d'un dels mites fundacionals del continent: Zeus, convertit en brau, raptant Europa, enduent-se-la al llom, cavalcant sobre la mar, amb un seguici de criatures meravelloses esperonant-lo entre l'escuma, sobre les aigües. Un brau amb un disc d'argent al front i, sobre la testa, una banya en forma de mitja lluna. El sol i la lluna que es persegueixen sense treva. Els astres. La natura que es disfressa i que parla, que es transforma.

Una bèstia, un brau, que després és ocell, peix, serp i element: foc, gas, aigua, neu. I tornar a començar. És així també amb nosaltres? Tu, Alba, que vas ser dona, ets potser brau, serp o ocell, ara? O ets aquesta neu que m'envolta? Una font és una deu subterrània que troba una escletxa i surt a la llum. No era res abans de brollar? No existia la seva aigua? Quant de temps va esperar, a les fosques, abans d'aparèixer, convertida en una altra cosa? Les transformacions que es produeixen en silenci, a l'hivern, són les més extraordinàries.

Un Misteri. *Winterreise.*

Alba sent al cap fiblades més agudes que espines d'esbarzer, i potser per aquest dolor una imatge li neix a dins, just darrere les conques, i se li enfila fins a la coroneta, cúpula on giravolta com un fresc acabat de pintar. És de color blau. Un blau dòcil i un blau salvatge. Un blau que va canviant de l'iris més subtil al porpra, com una onada que va i ve, i mostra safirs, estrelles, llacs de sal, pàmpols madurs, muntanyes allà lluny, venes aquí a sota. Una visió. O un miratge.

Des de fora, si algú la guaités —un esquirol, una guineu, un llop—, veuria un núvol blavós que li sobrevola la túnica de sarja, la capa de pells, el caputxó que li cobreix els cabells. Poc més que una taca informe. Una taca blava que balla. Sembla viva, pensaria la fera, però no fa cap olor. O potser una lleugera aroma de roses? En aquestes contrades? Impossible! Les feres no saben quina olor fan les roses. Però la trobairitz, sí.

El perfum la reviu.

Amb els ulls entrellucats, sobre la resplendor de la neu, la imagina: no és la dama, és la Dama.

—Senyora, que em cerqueu?

La taca blava pren forma i es concreta. Es fa cos. És una reina, una d'antiga, sens dubte alguna manifestació de la deessa blanca adorada des de la Grècia clàssica fins a la bàrbara Escandinàvia: la creadora de l'univers.

—Allò que l'ull no veu i allò que l'oïda no escolta. Això és el que servo per a tots aquells que deposin genolls i armes davant meu.

Alba no ho ha sentit així, amb paraules, sinó com una música del vent i dels arbres, el llenguatge de la tempesta de neu. I és també així, amb veu no dita, com respon la trobairitz:

Dama, jo en tinc, de poder i ardiment,
no contra vós, car venceu gentilment.
Sé que soc folla, si us faig de contendent.
Mes vençuda, vull que em prengueu tal com sia.

Vull que em prengueu nua de sang i de desig, d'acció i de paraula. Vull que em prengueu com es pren a les mans una fulla que cau de l'arbre, i una volva de neu que baixa del cel. Amb el palmell de la mà humil i mirant amunt. Lleu com lleu serà el cos que recull: el meu, transmutat en aire.

L'ombra blava que dansa sobre la neu s'ageganta.

Com el mantell d'una Verge, que tot ho abraça. Un cometa d'or i guspires gebrades. Un firmament d'amor.

La trobairitz bada la boca com un peix fora de l'aigua. Vol empassar-se aquell mantell blau, vol entregar-s'hi, vol salvar-se. Hi atansa un braç, una mà, la punta del dits... i la imatge se li escapa. No era la dama, ni la Dama, ni una capa consagrada. Només el mantell nival, que se l'empassa.

Täuschung. Miratge.

De tornada al refugi, m'envolta el silenci total. Els tres raigs d'aigua que abans dringaven a la font s'han glaçat. A la cova, ni visions ni paraules, ni bèsties ni humans. A dins meu, el tic-tac del temps, el recordatori de la mort. Però no sento temor. Ni tan sols reverencial.

Ara el silenci soc jo.

20. El senyal del camí

El tercer matí al santuari, ha deixat de nevar. El cel sembla haver obert una porta; em convida a sortir. Entre els núvols, encara espessos, un braç de llum encercla el roc de Frausa. El cim, la muntanya més alta, el pic. Penso que es tracta sens dubte d'un d'aquells senyals que espero, i que em cal seguir. Però és un senyal exigent, tenint en compte el meu estat físic i el meu esgotament. Només anant-hi el més lleugera possible, deixant la motxilla al refugi per tornar-hi després, podria aconseguir-ho, o almenys plantejar-m'ho. I segurament ni així. Penso en Alba i en el caminant solitari. Per què aquest delit d'anar més i més amunt, més enllà? D'allunyar-se d'aquest món? De desaparèixer resseguint senders feréstecs entre els rocs coberts de neu?

Cadascú té el seu motiu, cada vida és una causa.

La trobairitz es deixaria morir abans que trair el seu amor i la seva paraula, encara que ella hagi estat traïda en primer lloc. És la seva devoció el que l'importa, mantenir-la intacta; la mou la força del cor. El viatger del *Winterreise*, i Schubert mateix, es mouen per un altre ideal: el jo completament lliure i individual dels romàntics. La vida és una obra d'art que han d'acomplir. Costi el que costi.

Em sento ridícula al seu costat. Ni el meu cor ni els meus ideals són tan ferms. Són altres les forces que decideixen per mi.

Les primeres nits després d'aquell migdia d'agost en què va començar a nevar-me per dins, no em podia adormir. Era conscient que aquells minuts, just abans d'aclucar els ulls, eren un petit assaig del que podia venir: el no-res per sempre. De vegades em despertava a mitja nit, amarada de suor, i mirava que el meu pit es mogués amunt i avall. Respirava. Em feia terror tornar-me a adormir, per si els òrgans decidien, pel seu compte i sense comunicar-m'ho, aturar-se, tal com havien decidit emmalaltir. O de cop em llevava i parlava un idioma estrany, inexistent, un idioma de somnis alterats: no era l'alfabet dels arbres ni el llenguatge dels ocells. Era una llengua innominada. La mateixa força que em feia respirar i seguir vivint era la que em dictava aquelles paraules. La que m'ha dut fins aquí.

Ara que soc buida de mi, vull que m'ompli sencera.

Cal alleugerir encara més l'equipatge per arribar al final. Agafo només l'imprescindible: aigua i barretes energètiques, les que em caben a les butxaques, les justes per fer el cim i tornar. Abandono el refugi del santuari. Reprenc el pelegrinatge. M'obro camí enfonsant-me en la neu verge, com va fer la trobairitz.

Alba fa estona que hi malda. Sobrevolant el seu cos, el corb que la sotja afina la vista i el bec. Potser el cor aviat deixarà de bategar-li. Potser aviat es començarà a podrir. Decideix acostar-s'hi. Desplega les ales. En cercles, baixa.

Per un segon, fa niu entre els cabells embullats de la trobairitz. Prem les urpes. Ella respon amb una sotragada.

—Graaac!

L'au torna a alçar el vol, només un pam per sobre el cos. El corb fa un segon intent de niar als cabells. S'hi aferra bé. Aquest cop la sotragada és més forta. Alba alça el puny i el maleeix. El corb ja vola, metres amunt. Ella el veu: un punt negre al mig del cel. El seu destí. Si vol arribar-hi, s'ha d'afanyar.

—Per arribar a Vós, Senyora, tot esforç és dolç.

La pellissa xopa ja no pesa. Les cames no es dolen. Tibada per una força aèria, alçada per mans invisibles, s'hi adreça. El camí encara és allà. Sota la neu, entre els arbres, el camí l'espera. El camí és seu. I ella al camí pertany. Fa una passa. Tentineja. En fa una altra. Quasi cau. A la tercera es redreça.

Endavant.

Les branques són columnes fines; les fulles, vitralls. Blanc, blanc. Recorda el so de les campanes, en un altre món, en una altra vida, on hi havia ciris encesos, aroma de sàndal i de fusta de meli; sota les natges cruixien dolçament els bancs. Ara a la nau central s'hi trepitja neu tova, als passadissos hi corren bestioles i a l'absis... La trobairitz s'atura. Al mig del camí, allà mateix, al seu davant, hi ha una enorme creu travessada. És verda i florida, s'esqueixa pel mig, regalima saba. La creu és viva i parla.

—Soc l'arrel i el fruit. La font que no s'asseca. Soc tu i soc jo. Jo soc.

—Sou Vós, Midona? Aquella que m'ha empès al camí? Aquella a la qual sempre es retorna?

S'agenolla. Ajunta les mans. Les alça. Replica el vot que va fer a la dama.

—Missenyora, ara us veig amb els ulls de la veritat. Sou bella i simple com una alzina esberlada. I jo soc vostra enterament.

En silenci fan les esposalles.

—Ara em coneixes: soc de la matèria amb què estan fets els bressols tendres, les creus dels absis i els cofres finals. Tu, que estàs feta de carn i ossos, reposa: ves a trobar-te amb els teus iguals.

No gosaria desobeir-la. Encara que l'ordre sigui aquesta: la darrera. Després d'aquesta ordre no n'hi pot haver cap altra.

Un senyal s'aixeca,
implacable, davant meu.
He d'anar cap a una fita
d'on ningú no torna mai.

La fita del caminant, de la trobairitz, per força ha de ser el pic. La fita és sempre el cim. El roc de Frausa. Pujo com si allà pogués trobar-la. L'ascensió és també davallada perquè com més amunt arribo menys forces em queden. Pujo sabent que m'acabo, que m'esgoto. Que no resistiré l'esforç. Pujo esperant trobar la prova, el rastre. Em marejo. Sento una punxada encesa al mig del pit. Em fa acotar el cap i doblegar els genolls tres, quatre, cinc vegades... No puc vèncer la neu, no puc vèncer la muntanya. No puc vèncer el dolor. Però ara mateix tan absurd seria deixar-ho córrer com continuar. L'absurd i el meravellós es toquen, penso per no ensorrar-me. Penso en totes les hores, tots els llibres, totes les nits. Penso en els trobadors, en els romàntics, en els místics i els eremites; un camí de relleus en què el testimoni és una sola *canço-lied*-pregària que m'ha dut fins aquí, a trobar-me, a perdre'm, a deixar-me anar. Penso en les renúncies. En les absències. En la completa solitud. Fins que arribo a dalt de tot.

I al cim no hi trobo res.

Ni un senyal, ni un rostre, ni una paraula. Només un paisatge blanc, embolcall de l'aire.

Aguanto la respiració.

I em deixo caure.

21. L'hostal

Des del pic solitari, el paisatge es veu ben clar: la fita no és el cim, la fita és la vall. No més alta, sinó més profunda. Més endins. Caic. A dins meu, caic. Haig de tornar a baixar.

I baixo.

Baixo d'esma.

Baixo rodolant.

Baixo perquè el meu cos no pot fer res més que baixar.

Camino, doncs, o més aviat em deixo caminar per la muntanya. Enfonsant-me en la neu verge, desapareixent. Com es pot trobar allò que no se sap què és? Desarticulant-se. Perdent cos, nom i llenguatge. Deixant de ser. Alguns indicadors marquen coll Pregon, coll de la Nentilla, Costoja, Bassegoda... i no entenc què volen dir les paraules. Perdo el camí de tornada al refugi. Passo de llarg. No m'aturo fins que veig un vell cementiri amb creus de ferro ornades amb cors esmaltats, cors blancs amb noms i cognoms escrits en tinta blau de mar, com si fixar el nom equivalgués a retenir-los en aquest món. De qui són els morts? De qui els enterra, de qui els recorda, de qui se'n desfà? Són de qui explica la seva història? Tots estem contant la història dels morts que hem de ser.

Alba també va fer-ho. Digué així:

Els meus germans són freds. Els meus germans són cecs. Els meus germans fa temps que callen. Sota les lloses, sota les creus. En aquest hostal colgat al mig del bosc, reposen. Aquí hi ha un cavaller amb una espasa i una rosa. Allà una vella filadora. Aquí un nen sense estómac, que fou devorat per un llop. Estan totes ocupades les cambres d'aquest indret? No hi ha lloc per a mi? Hostal sense clemència, per què rebutges la trobairitz? En va busco el meu nom escrit a les làpides.

Quants som els que no som!
Els sense nom.

Germana, germà:
som les lletres minúscules amb què
d'altres componen obres majors.

Si hagués signat les seves *cançons* a la dama, potser ara, aquí... Si hagués dedicat les seves *cançons* a una Dama més alta, potser aquí, ara... Però guaita, mira al teu voltant: aquest silenci golut que s'empassa els records i les paraules, les músiques, les *cançons*; aquesta capa blanca que cobreix tots els homes i totes les dones des de la primera generació. Quina importància tindria que fos cisellada sobre la pedra la paraula que uses per nom? Penses que aquesta forma gravada retindria amb ella el teu cos? Aquí, a la serra més perduda i solitària, qui et vindria a llegir? Qui a adorar-te? Els ocells, les fulles, els arbres, fa temps que han decidit oblidar el nostre llenguatge.

No és aquí a on pertany el teu esperit. No és aquest el veritable recer. Es troba allà a on no hi ha ni noms ni creus forjades. Et cal avançar una mica més encara. Tan sols una mica més, Alba.

La trobairitz mira al cel. Pensa que potser ve d'allà la veu que, a dins del cap, li parla. O potser ve de baix? Sota les pedres, sota les creus, sota els signes que separen els morts dels vius; germans, germanes.

Mormoleu lletanies que no puc desxifrar. Necessito perdre l'oïda per poder-vos sentir, com em caldria perdre els ulls per poder veure-us la cara.

—Em cal caminar una mica més. Gralla, pellissa i sarró: anem més lluny, més lluny encara!

Més enllà, doncs, jo també. Camino i al camí hi llegeixo versos i oracles, cants d'ocell i converses d'arbres. Davallo lleugera, ja no tinc mans ni peus; al pit m'hi han crescut dues ales blanques. Soc una òliba que espolsa la neu de les branques. La neu. La creu. Les ales. La memòria de qui ja no som. La petjada que la pols blanca cobreix. Sota l'ala. Sota la branca. Sota el temps. Estic voltant en cercles. Satèl·lit del satèl·lit del satèl·lit. Dansa sufí. Tardor-hivern-primavera-estiu. El temps és una esfera. La cresta de la muntanya és el plomatge eriçat d'un àngel. Em frego els ulls i m'espolso les orelles, i després ja tornen a aparèixer els mots tal com els coneixia, senyalant punts geogràfics, físics, estables, comuns. Però res d'això ja no em serveix, les meves referències ja són unes altres. Fa més de vuit dies que vaig canviar la casa pel camí; si miro enrere sembla ben bé una vida passada, que no reconec. Cada dia de viatge a peu equival a una translació completa de la terra al voltant del gran astre. L'any s'acaba.

Baixo.

Baixo.

Baixo.

M'esgoto. Perdo la fe. Perdo el sentit. Perdo el refugi i el rumb.

Ja no sé què estic cercant.

Fins que trobo el senyal.

Com en les *canços* dels trobadors, el *senhal* és el nom. El nom és el *senhal*: el coll de la Dona Morta.

Sola en aquest indret, apartada del camí, una roca fa de làpida. Diu la llegenda popular que en una nit d'hivern, una noia de la vila més propera va acceptar el desafiament: pujar sola al coll on es deia que es reunien les bruixes i els bocs i clavar-hi una estaca com a prova. Va prendre coratge. Va arribar al lloc. Hi va clavar a terra l'estaca, però en la fosca, sense adonar-se'n, s'hi va clavar també la vora de la faldilla llarga. Quan anava a marxar, va sentir que una força invisible la tibava, i va pensar que era un mal esperit que se l'enduia cap a l'altre món. Va morir de l'esglai en aquell mateix instant. No se sap si la història és certa. Si es deu més aviat al fet que allà s'hi havia trobat fa segles l'esquelet d'una dona primitiva. Hi ha qui diu fins i tot que la roca que s'hi alça no és una làpida, sinó un menhir. Que els ossos eren molt antics. Qui sap si de dona o de fera. Qui sap si d'un ésser enterrat viu.

Qui sap si va ser aquí on va morir Alba.

Quan hi arriba ja no sent els laments del cor. El torb li venta a les galtes el pessic roent de la neu, com espurnes que es desprenen del foc per dur-ne lluny el record. Aquells homes savis, a palau, que feien esclatar fogueres d'una olor picant... Un ventall d'estels al cel, on la Dama regnava, aquella nit d'estiu que va durar una jornada sencera. O això els va semblar. Potser eren ínfims —els batecs, els llums— com aquestes serradures glauques que ara el torb li clava als ulls. Però no els ho semblava pas. El record ja marxa. Més fred, el vent, ara. La pica ben bé de front. Li parla d'un lloc d'on mai ningú ha tornat. És allà on vol anar. És allà on ha de trobar-la. El clos. La cova. La bauma. Allà d'on va sortir: el ventre de la Dama.

Han desaparegut les fagedes. Per sobre el cap d'Alba, tot l'espai és obert i clar, iridescent, excepte una persistent criatura voladora: el corb que l'ha acompanyat des del començament. Vell amic, ha arribat ja la nostra hora? Quants dies fa que viatgem plegats? La llum l'encega. Ha arribat al fons de la serralada. No se sent les cames. No se sent les mans. No se sent el cor ni el cap. I, en canvi, alguna cosa resta viva i bategant, alguna cosa sense nom ni cap ni cor ni mans ni cames. Pot sentir-ne la presència. Una música llunyana.

—Sou Vós?

Del punt més alt del cel, el corb cau mort sobre la neu.

I al coll de la Dona Morta es fa fosc.

M'agenollo al costat de la roca en forma de làpida. És impossible saber si sota aquesta llosa hi descansen les restes d'Alba. Però en aquest moment penso que no té cap importància. Aquesta és la tomba de tots els que hem caminat sols. Els que hem buscat sense saber el què. Els que perdent-nos ens hem trobat. Els que hem volgut viure la resposta.

Acosto l'orella a la superfície de gneis, l'hi enganxo fins que se'm queda glaçada. Pètria. Escolto més a fons. Sento respirar la pedra. Hi sento a dins els meus ulls, el meu fetge, els meus pulmons. Els primers i els últims batecs. Contemplo el meu naixement i la meva mort.

Trobairitz

Caminant

Winterreise

Amor perdut

Dona morta

Cançó final

So inarticulable

Tam-tam que per sonar ja no precisa d'escorça de bedoll ni de tripa fina d'animal, resseca i tensada amb metall. Tambor que percudeix sol: el cor del món.

M'anuncia la bona nova: que no hi ha separació entre els dos destins. Que no existeix aquest món i, més enllà, un altre. Que tan reals són els vius com els morts. El cos com l'ànima. El passat com el futur. Allò que es veu com el que no. Llum i ombra. Presència i absència. Amor i dolor. Memòria i invenció.

Que no cal tenir por. Ni de la vida ni de la mort. Només d'existir a cegues. De no ser del tot allò que veritablement som.

22. Coratge

M'ha costat molt separar-me de la tomba. Escampar les cendres. Deixar anar. A la trobairitz, al caminant solitari, a les seves gestes heroiques, que no són la meva, que no ho seran mai. Quan per fi ho he fet, he sentit que al pit la ferida coïa. He espiat un instant sota la roba; ja no hi ha una creu ni una ala, tan sols la meva cicatriu.

És rosada i bonyeguda com el cordó umbilical.

Aquest forat que duem al mig del ventre és la nostra primera cicatriu. Totes les que després anem col·leccionant s'hi emmirallen. Cal tenir coratge per guaitar-la a plena llum. Mirar la nostra petitesa. La fragilitat de qui arriba al món sense poder sostenir-se sol. De qui depèn dels braços dels altres. De la força dels seus plors. O de la seva capacitat d'empassar-se'ls.

És difícil aferrar-se a la vida quan creiem que ens hi hem de guanyar el lloc. Fer mèrits. Publicar. Conservar càtedres. Sotmetre amors. Mirar qui tenim al costat com a un competidor pel mateix pam d'aire. No entendre què vol dir estimar sense passar comptes. Fer veure sempre que som altres. Fer veure que som millors. Amagar-nos. Fugir.

Tota aquesta mascarada per acabar morint.

I és només la mort la que ens fa entendre d'una vegada l'absurditat i el sentit.

Quan aixeco el cap de la tomba de la Dona Morta, al cel hi queda només un raig de claror a ponent, al final de la carena. No em sento les mans ni els peus, se'm deuen haver glaçat. M'haig de moure de pressa si em vull salvar.

I sí que ho vull.

Salvar també aquest cos malmès que tan fidelment m'ha acompanyat fins aquí: no era l'enemic, era l'amagatall de l'ànima. Abandono el coll i camino buscant algun rastre de vida, muntanya avall, lluny dels cims.

Coratge!

Passo per davant d'unes runes. L'antic Hostal de la Muga ja no són més que quatre rocs apilats, hostatgeria de fantasmes. De les seves ombres en surt una música llunyana: semblen gemecs d'un orguenet, o potser són les tecles del piano moribund en què Schubert compon aquest *lieder*, amb extrem coratge, perquè se li acaba el temps. *Mut!* és una peça enèrgica, gairebé marcial, com un darrer desafiament a les forces que ens governen. O com aquell avivament sobtat del malalt poc abans de dir adeu per sempre. Una falsa esperança, un foc fatu, un miratge. Un somni breu i esplendent: el temps que dura una vida.

Quan la neu em vola al front,
amb la mà l'espolso.
Coratge!
Si em mormola el cor al pit,
canto amb joia i força.
Coratge!

Coratge, coratge! Cal tenir el cor ple de coratge per travessar aquest teatre que quan tot just comença ja fineix, i que quan sembla acabar-se recomença, una vegada i una altra. En som actors representant tots els papers.

Un amor se'm va morir lluny dels braços.

Un altre va abandonar-me quan va saber que jo havia de morir.

Sento el vertigen d'aquesta roda imparable en què estem ficats. El sento a la boca de l'estómac, que se'm recargola, i a cadascun dels meus músculs i dels meus ossos, que amenacen, com el cor i els pulmons, amb un col·lapse. Tota jo tremolo de fred i esgotament. A la pell se m'hi claven les puntes de les branques. Els peus caminen sobre claus roents. Però ja ho he dit abans, no tinc por. Qui s'ha mort almenys una vegada, ja no té por de res. Camino sostinguda per aquest convenciment.

No sé quant de temps marxen així les cames, amb el moviment rígid i mecànic d'un autòmat, fins que al meu davant s'hi obre un prat. Al mig, la lluna hi dibuixa un casalot, em sembla veure-hi llum a dins. Una esperança. És ben cert que no sabem mai quant podem resistir. Busco l'entrada mentre el cor em batega de pressa a la gola. A la porta de fusta massissa, sense cap finestró, hi penja un picaporta amb forma de petxina. La faig colpejar fort contra la fusta, tres, quatre, cinc vegades. Ningú no respon. Truco una altra vegada. Un sol cop. Estic a punt d'ensorrar-me. A penes respiro quan la porta s'obre.

—Ajudeu-me— dic, estenent la mà.

L'últim que sento és l'escalfor d'una altra mà que me l'agafa.

23. Els sols fantasma

Estic ajaguda en un sofà atrotinat, farcit de coixins. Dues mantes em tapen fins a sota el nas. Al meu davant hi crema una gran llar de foc. En una tauleta, hi veig gots d'aigua, tasses d'herbes, un termòmetre, mocadors de paper rebregats, culleretes. Fa olor de cendra i de menjar. Per terra hi veig escampades un parell de nines, un pitet i un tricicle de plàstic amb cara de cavall. La sala està en penombra i no se sent cap soroll. Quasi. Si paro bé l'orella m'arriba un ronc lleu, com un tremolor. Sobre el ventre se m'hi recargola un gat. Quan em bellugo, baixa d'un salt.

Tinc el front calent i la boca seca. Quan provo d'incorporar-me començo a tossir, i el cap m'esclata. No goso moure les cames. Per sota la manta, m'hi surten els peus, embenats. Estiro un braç cap a la tauleta, buscant el got d'aigua, però no hi arribo i ho deixo estar. Els ulls tornen a tancar-se. Sento una porta que cruix. I poc després una gota de frescor als llavis. Quan obro els ulls, veig una nena petita, escanyolida i amb el cabell ros com la palla, que sosté a la mà un mocador humit. Té les galtes empastifades de xocolata.

—Gràcies —li dic—. Te n'has ocupat tu, de mi?

Fa que sí amb el cap.

—Com et dius?

Amb un fil de veu que li surt amb una barreja de timidesa i orgull, respon:

—Alba.

Em venen llàgrimes als ulls.

—Quin nom tan bonic...

Ella m'apropa el got d'aigua, i després surt corrents.

—S'ha despertat! S'ha despertat!

Els pares de l'Alba m'expliquen que he delirat tota la nit i tot el matí. Que la tos, els xiulets al pit i la febrada podrien ser pneumònia. Que algunes nyafres dels peus semblen infectades, i un turmell és ben negre, potser d'una torçada. Qui sap què més.

—Alguns camins han quedat tallats per la tempesta de neu —em diu la dona, amb un nadó enganxat al pit—. T'han de venir a buscar, hem demanat un rescat, et sembla bé?

Em semblen un regal del cel.

Un so de sabres talla l'aire. Una gran au flamígera es disposa a aterrar al mig del prat, i per un moment ens enlluerna i inunda el casalot amb rajos blancs. Sembla una apocalipsi benèvola. L'Alba es tapa primer els ulls i després les orelles, i al cap d'un minut veig com es tomba cap a la porta d'entrada i bada una boca de peixet sota l'aigua. Entren amb una llitera i un llençol lluent, color d'or i color de plata. M'hi emboliquen bé. Em falquen amb cinturons. Tot es fa destrament i de pressa. El gat s'ha amagat al racó més fosc de la sala. La nena segueix tots els moviments. M'alcen i se m'emporten cap a fora, i ella surt darrere nostre corrents. Abans que em pugin a l'aparell se m'atansa a l'orella i em diu ben fort, perquè pugui sentir-la sota el diluvi de fressa de les hèlices:

—Em pensava que estaves morta.

Li pico l'ullet i es treu alguna cosa de la butxaca. Una polsera feta d'ella, una trena vermella, un cordó del qual penja un cascavell. Una mena d'amulet, suposo. Me'l deixa al palmell de la mà.

—Perquè no et moris més —em diu.

Li faig que no amb el cap. Estic a punt. Torno a la vall.

Marxo volant per sobre les Salines i les Alberes. Des d'on estic estirada, a través de la finestra de l'aparell, veig un bocí de cel. Haig de parpellejar unes quantes vegades per creure el que hi veig: davant meu, en la blancor que cobreix les muntanyes i la plana, i arriba fins arran de mar, una visió m'enlluerna: fixos en el zenit de la volta i mirant-me de fit a fit, tres sols.

Tres sols pengen màgicament de l'aire.

Els astres pampalluguegen, el del mig més elevat que els altres, que el guarden o el festegen, com cans, com corbs fidels, com els reflexos dels tres temps que a tota hora ens empaiten. Els tres sols del *Winterreise:*

Tenia, sí, tres sols, fa poc;
ja els dos millors s'han post del tot.

Primer he pensat que era un eclipsi, perquè el sol semblava ennegrit. De seguida, però, aquella esfera ha començat a tremolar i a dividir-se, fins que n'han quedat tres sols. Parahelis. O com en diuen els anglesos, *sun dogs*, perquè el guarden i el vetllen. He pensat si podrien tenir alguna relació amb la font dels tres raigs de les Salines o amb els triangles platònics. El tres és un número que ens resulta natural, té un ritme propi, una alternança, tam-tam-tam, com passat, present i futur, com tres veus que es repliquen i s'acompanyen. Em resulta familiar, sí, com si el meu pensament estigués també construït així.

Però res d'això importa ara.

El cel és ple d'ones. Ones electromagnètiques de diferent longitud que transporten informació, visions, colors. Infrarojos, ultraviolats, raigs gamma, raigs X. Els humans només en veiem una franja molt estreta. De fet, no veiem quasi res. Els colors no existeixen; existeix la capacitat dels cossos per reflectir les diferents longituds d'ona. En el nostre cas: còrnia, pupil·la, cristal·lí, retina, cervell. Una paleta a escala humana, adaptada a la nostra fisiologia limitada. Qualsevol semblança amb la realitat és pura coincidència. L'atmosfera és en veritat una gran policromia. Nosaltres la travessem amb unes ulleres de boira. Però ara, mentre torno a la vida dins d'aquesta enorme au mecànica, el cel ha esclatat com un ou, com un rosetó, com un trencadís. L'estructura trina ha saltat pels aires: els tres sols tremolosos s'han dividit en milions d'àtoms;

el blanc s'ha descompost en tots els colors i les formes que ocultava, s'ha convertit en un calidoscopi infinit.

Ha alçat el vel. I l'he vist.

I ja no hi ha lògica. I ja no hi ha llenguatge. Ni caminant. Ni trobairitz. Només pura llum. Pur sentit.

Torna a ser estiu, és estiu la nit sencera.

A fora i a dins.

24. El músic errant

El novembre de 1827, Schubert va acabar de compondre el darrer *lieder* del seu *Winterreise: Der Leiermann.* Les tecles del piano imiten el so d'un petit orgue de carrer, com si els dos extrems del seu art, el més elevat i el mes popular, es trobessin en aquesta peça, la darrera: les notes ressonen juntes dins la mateixa caixa, sense importar si va interpretar-les un cèlebre compositor de Viena o un vell romancer cec. Si s'escoltarien a palau o al cim d'una muntanya nevada. Va morir just un any després, mentre en corregia les últimes proves. No va arribar a veure mai l'obra sencera publicada. No va saber mai si plaïa a la gent. Va demanar que l'enterressin al costat de la tomba de Beethoven, per no marxar sol.

Bon vell de rondalla,
faré amb tu el camí?
Quan canti els meus versos,
sonaràs per mi?

Assegut en unes escales de pedra, un vell cec fa anar la viola. L'escudella tan buida com la mirada. És eixut com una carcassa escurada. Un ca negre com la nit el guarda, en un carreró de la vila, fora les muralles de Palau.

Abans d'esvanir-se del tot en el paisatge nevat, la trobairitz sent aquesta música. Un petit orgue. O una tiorba. No, és una viola de roda que no para de voltar. La melodia la crida, la melodia és un fil que la tiba. I ella se n'hi va. La vila és i no és la que era, la que ella coneixia. Se li apareix com un miratge.

La roda del món, qui la fa girar? La predicció de la trigèmina, quina validesa tenia? Quantes voltes havien de fer el temps, la llum i la foscor fins a tornar-vos a trobar?

Hi va haver un temps en què ella cantava. I què deia la seva cançó?

No hauria de voler entonar cap cant
perquè cantant
més em turmenta amor.
Planys, baticor,
fan en mi llur estatge.

Bell Nom, no dubtaré
d'amar-vos, sempre hauré
de dir-vos que viuré
en amorós servatge.

Ah, sí.

Però, a qui anava adreçada?

El músic cec fa girar la roda de l'oblit per Alba.

La trobairitz sap que l'ha d'acompanyar. Errar amb ell. Cantar per les ànimes. Interpretar la música que sona i sona, la que no s'atura mai, la que encara que no es vulgui sempre es balla. Amb prou feines es recorda de què deia, potser no va existir mai. Ni ella. Ni la dama. Només un fragment de *canço* que va deixar escrita, en algun lloc, una vegada:

Si mai vós.
Si mai jo.
Si mai més vós i jo, midona,
sota el lli i les plomes.
Tot ho donava per bo.

FI

NOTA

Els versos atribuïts a la trobairitz són una síntesi dels fragments conservats de les divuit trobairitz occitanes de què es té registre a dia d'avui, i han estat extrets de *Les trobairitz. Poetes occitanes del segle XII*. Versions poètiques d'Alfred Badia (Horsori editorial).

Els versos pertanyents al *Winterreise* de Wilhelm Müller són traducció de Miquel Desclot per a la Schubertíada de Vilabertran.

Ambdues fonts han estat usades i barrejades lliurement, amb modificacions i afegits propis.

Altres cites que s'han usat al text, de manera directa o indirecta, són de traducció pròpia.

Dec homenatge a aquests autors i també a dues grans obres de referència: Martí de Riquer, *Los trovadores. Historia literaria y textos* (Ed. Planeta), i Ian Bostridge, *«Viaje de invierno» de Schubert* (Ed. Acantilado).